EL PEQUEÑO
Leo DaVinci

Twitter: @ChristianG_7
Facebook: facebook.com/oficialchristiangalvez
Web: christiangalvez.com

ALFAGUARA

© Del texto: 2014, Christian Gálvez y Marina G. Torrús
© De las ilustraciones: 2014, Paul Urkijo Alijo
    Del diseño de cubierta: 2014, Beatriz Tóbar
© De esta edición: 2014, Alfaguara Grupo Editorial, S. L. U.
    Calle Luchana, 23. 28010 Madrid

Alfaguara Grupo Editorial, S.L.U. es una empresa
del grupo Penguin Random House Grupo Editorial

Primera edición: octubre de 2014

ISBN: 978-84-204-1772-1
Depósito legal: M-23113-2014
Impreso en EGEDSA
Sabadell (Barcelona)

Maquetación: Javier Barbado

¡Hola amigos! Me llamo Leo y tengo 8 años. Vivo con mis abuelos en Vinci, Florencia, y me paso el día inventando cosas imprescindibles para la vida de un niño: como la vincicleta o el sacamocos a pedales...

Pero mi gran sueño es crear una máquina para volar como los pájaros. ¡Y algún día lo voy a conseguir!.

¿Qué es lo mejor de la vida? ¡Jugar con **mis colegas!**

Macaroni
El perro más pasota del mundo. Lo suyo es dormir a pata suelta.

Spaghetto
Cañero, divertido... ¡El único pájaro que habla del mundo! O eso creo yo...

... mi pandilla

Miguel Ángel

¡Cuidado que muerde!
Duro como una piedra
y con mal carácter, pero
es divertido y mi mejor
colega.

Lisa

Mi mejor amiga, la chica
más lista de Florencia
¡y queda genial en los
cuadros!

Rafa

El más pequeño
del grupo. Creativo,
un poco detective
¡y con un grupo de
rock flipante!

Boti

Ingenuote, aspirante
a chef de cocina
y gran futbolista.
¡Con él nada es
aburrido!

Chiara

Es la *Best
Friend Forever* de Lisa,
tiene muuucho genio
¡y es la campeona de
eructos del cole!

... y todos los demás

Abuela Lucía
¡Mi superabuela! Gran artista y cocinera. ¡Da unos besos espachurrantes!

Abuelo Antonio
Divertido y despistado, mi abuelo es el más cariñoso del mundo ¡y no perdona su siesta!

Don Girolamo
¡El vecino más chungo de Vinci! Odia a los niños, los animales ¡y todo lo que hace reír!

Profesor Pepperoni
¡Nuestro profe! Se le ponen los bigotes de punta cada vez que la lío parda en clase.

Ser Piero
¡Mi papá! Siempre está estresado y su frase es: «¿Qué ha hecho ahora Leo?».

Tío Francesco
¡De mayor quiero ser como él! Experto en deportes, coches y estrellas del cielo.

Machiavelo
¡No te fíes un pelo! Tras su sonrisilla postiza, ¡se esconde una comadreja!

EL PEQUEÑO

Leo Da Vinci

LAS DEPORTIVAS
MÁGICAS

Christian Gálvez
Marina G. Torrús

Ilustraciones de **Paul** Urkijo Alijo

ALFAGUARA

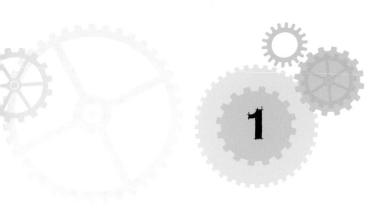

UNA TERRIBLE NOCHE
DE TORMENTA

Bosque de Vinci, Florencia, 1460.

Miedo. Terror. *Cacafuti*. El cielo se cubrió de relámpagos y siete figuras fantasmagóricas cruzaron el bosque bajo la lluvia, iluminados con la tenue luz de una lámpara de aceite.

No eran vampiros. No eran zombis. ¡Éramos mis amigos: Lisa, Miguel Ángel, Chiara, Boti, Rafa, Spaghetto y yo con chubasquero buscando a la Maga del Bosque!

—¡Anda, que ya te vale salir en una noche como esta! —protestó mi pájaro, Spaghetto, desde el bolsillo de mi camisa, puesto que las gotas de lluvia le impedían volar.

—¡Ya sabes por qué hemos venido! —le contesté mientras saltaba la gran raíz oscura y retorcida de un árbol, haciendo que el pajarillo casi cayera al suelo.

—¡Vale, pero ten más cuidado, Leo! —añadió, sacudiéndose las plumas.

La tormenta aumentaba según nos adentrábamos en el bosque. No es que se viera poco; es que no se veía un pimiento. Menos mal que íbamos preparados para todo: teníamos varios pares de botas de agua de cuero de las que mi tío Francesco usa cuando sube la marea en Venecia, un montón de bocadillos de salami y… ¡lo mejor!: el chocolate calentito de mi abuela. Lo que no teníamos era ni idea de dónde buscar a la Maga, porque las magas no es que vayan por ahí dando su dirección… ¿o sí?

—Bienvenidos al bosque de la Maga del Bosque —leyó Lisa en un cartel que había pegado junto a un pino muy frondoso—. Qué fuerte, ¿no?

—Ya te digo. Esto es muy extraño —admití.

—¡Por qué? —preguntó Boti—. Encima que nos da la bienvenida…

El aullido de un lobo y el ulular de los búhos nos encogieron el corazón. Nos daban la bienvenida, sí, pero ¿a qué?

—¡Cómo mola —dijo Miguel Ángel—; es como la casa del terror de un parque de atracciones!

—Ya —contestó Chiara—, ¡pero es que esto no es un parque de atracciones, cenutrio, esto es de verdad!

—Vale chicos, ya sabemos que este es el bosque correcto —señaló Lisa—. Pero, ahora, ¿por dónde tenemos que ir?

Y justo en ese instante… ¡fssssss! Un rayo iluminó un esqueleto apoyado en un árbol que sujetaba con los piños un cartel que decía: MAGA DEL BOSQUE, POR AQUÍ.

—¡Aaaaaaaah! —gritamos todos.

—¡Y un jamón voy yo a seguir el camino que dice el huesitos ese! —gritó Rafa.

—Tranquilo, amigo; a mí tampoco me mola, pero en ese estado, el chaval poco nos puede hacer —añadí.

—Igual si le damos un bocata se anima, ja, ja… —se burló Miguel Ángel, que es muy bruto y no hay nada que le asuste.

Y entre risas y miedos tomamos el oscuro sendero que el cartel indicaba, pero no estábamos solos. No podía demostrarlo, pero tenía un presentimiento: alguien, a lo lejos, desde algún lugar, nos estaba observando.

La cosa empezaba a ponerse fea. Los árboles estaban cada vez más pelados y las ramas de los arbustos del camino se entrelazaban como si fueran brazos huesudos que quisieran atraparnos con sus pinchos. El pasaje era cada vez más estrecho, pero nosotros seguimos adelante hasta que…

—¡Ay; se me ha enganchado la falda! —gritó Lisa.

—¡Espera, yo te ayudaré! —le dije—. Iluminadme aquí.

¡Y menos mal que me iluminaron! De repente, vi lo que había justo a su lado. Algo que jamás olvidaré:

—Lisa —le dije, intentando disimular mi nerviosismo—, no te muevas ni mires detrás.

—¿Por qué? ¿Hay algo?

—Ese es el problema, que no hay nada. Lisa, detrás… ¡hay un precipicio!

—¿Quééé? —exclamó con terror.

De repente, el rayo más grande del universo cayó a nuestro lado y su resplandor hizo que viéramos el abismo. Y ocurrió lo que nunca debió ocurrir: del susto, Lisa resbaló, cayendo exactamente hacia el lugar del peligro.

—¡Nooooooo! —gritamos todos.

Pero mira tú por dónde, la suerte estaba de nuestro lado y la misma rama que había enganchado la falda llena de barro de Lisa ahora la sujetaba.

—¡Leo, ayúdame! —pidió, colgando en el vacío.

—¡Tranquila, amiga, no te vas a caer! —le dije, aunque confieso que estaba lleno de canguelo y no tenía muy claro que pudiera cumplir mi palabra. Lo que sí tenía claro es que si ella se caía, yo me caería con ella.

—¿Qué va a pasar? —preguntó Miguel Ángel asustado por primera vez.

—¡Se va a hacer tortilla francesa! —gritó Chiara.

—¡Vamos, Leo —dijo mi pájaro Spaghetto—, espabila, que tienes que pensar un plan rápidamente!

Un plan rápidamente, un plan rápidamente... pero yo pienso mejor dibujando. Así que saqué un pergamino de mi zurrón y empecé a dibujar el esquema de la situación: a la izquierda estaba mi amiga Lisa a punto de caer; en el centro mis otros amigos y yo en un camino sobre el que no podíamos apoyarnos porque cada vez se hacía más resbaladizo; y a la derecha, y en tierra más firme, un árbol muy largo tirado en el suelo. *Si tuviera un punto de apoyo podría dibujar una parábola con efecto catapulta*, pensé, *pero... ¡un momento!*

¿A que os estáis preguntando quién soy yo y qué hago esta terrorífica noche buscando a la Maga del Bosque?

Me llamo Leo, Leonardo da Vinci, tengo ocho años y todo empezó por unas deportivas de fútbol. Pero no eran unas deportivas cualquiera, eran... ¡UNAS DEPORTIVAS MÁGICAS!

2

EL EXTRAORDINARIO CASO
DE LAS «TRIPLE JOTA»

Esta historia comienza el mismo día en que mi equipo de fútbol, la Fiorentona, se jugaba la semifinal de Liga contra el Pizza FC. ¡Supermegapartidazo!

El árbitro estaba a punto de pitar el final y los pizzeros nos ganaban por uno a cero. La tensión era máxima, la expectación cósmica y… a mí se me caía el moco. ¡Me pasa siempre en los momentos decisivos del partido y me da una rabia…!

Lisa, una *crack* del fútbol, portera de la Fiorentona y mi mejor amiga, acababa de parar un balón. Al instante se lo lanzó a Miguel Ángel, mi colega, defensa y *míster* del equipo; un tipo duro, de esos que juegan al balón con una

piedra y cuando les da en la cabeza dicen que no duele. De esos.

Pues justo cuando Miguel Ángel me lanzaba imparable la pelota para que chutara a portería… ¡toma, aparece el moco asesino para despistarme! Y todo el mundo gritando mi nombre: «¡Leo, Leo, Leo!».

En aquel momento, tomé dos decisiones: primera, inventar un sacamocos automático; segunda, meter gol.

Había comenzado la cuenta atrás: quince segundos, catorce, trece… A la velocidad de un águila, regateé con el balón, salté por encima del defensa de los pizzeros, me aproximé a la portería y…

¡Gooooooooool!

—¡Toma! —gritó Lisa, dando una voltereta en el aire.

—¡Seguimos en la Liga! —chilló Chiara, que es la amiga del alma de Lisa y la campeona de eructos de la clase.

—Pero ahora tenemos que desempatar a penaltis —añadió Miguel Ángel—. ¿Lo hacemos con mi balón de piedra?

—¡Nooo, tíooo! —le dijimos todos a la vez.

—Pues sería una buena forma de dejar frito al portero —contestó él, muy convencido.

—No necesitamos freír a nadie, tenemos al mejor lanzador de penaltis del mundo: Boti —declaré yo.

A Botticelli, Boti para los amigos, nunca le habían parado un penalti. ¿Por qué? Porque tenía técnica, astucia y, lo más importante, tenía… ¡sus deportivas de la suerte, también conocidas como las «triple jota»! Las llamábamos así porque jamás se lavaron, jamás se arreglaron y jamás se perfumaron… que ya es difícil, viviendo entre los campos de lavanda de la Toscana.

Eran unas deportivas especiales, históricas, casi milenarias. La familia de Boti siempre se ha dedicado a curtir pieles, y parece ser que su tataratataratatarabuelo se las fabricó a un tal Cayo Julio César porque las sandalias le hacían daño en un juanete. Utilizó la piel de una cabra especial de los montes de Fiesole, la cabra Margherita. A Margherita no le hizo mucha gracia y dijo:

—¡*Baaaaa*… y un jamón!

Pero le dio igual, acabó convertida en unas deportivas que han ido pasando de generación en generación hasta llegar a Boti. Y, con el tiempo, nosotros digamos que las hemos… «tuneado».

—¿Y si les ponemos cintas rojas? —dijo un día Lisa.

Y se las pusimos.

—¿Y si les dibujamos una lagartija? —preguntó Boti.

Y se la dibujamos.

—¿Y si les colocamos unos tacos especiales y añadimos una cámara de aire ergonómica para amortiguar y neutralizar los impactos con turboinyección? —dije yo.

—¿Quééé? —contestaron ellos, que es lo que me contestan siempre.

Me dijeron lo mismo cuando les hablé de inventar el mascachicles a pedales, la boca pelapipas o la *vincicleta* de rueda cuadrada. Ser inventor tiene estas cosas; que a veces los amigos no te entienden. Bueno, los amigos y mi padre, mi profe, mis tíos, mi vecino de enfrente, pero ¡qué le voy a hacer; no puedo evitar que se me ocurran cosas!

A veces pienso que tengo que perfeccionar un poco la técnica porque se producen lo que mi abuela llama «daños colaterales». Mi abuelo prefiere llamarlo «que la lío parda». Como cuando llené la casa de mi vecino don Girolamo de jabón mientras intentaba crear el superpompero. ¡Cómo nos reímos cuando quedó atrapado en una pompa gigante y fue rebotando por los tejados de Vinci!

—¡Vamos, Boti, chuta como tú sabes! —gritó Miguel Ángel, colorado como un tomate desde una esquina del campo de fútbol del colegio, a punto de empezar los penaltis.

Miguel Ángel es el *míster* de nuestro equipo porque sí, porque un día dijo que lo era y como se pone muy pesado cuando quiere algo, le dimos la razón por no tener que oírle. Tenía que haber nacido en la Edad de Piedra, porque le encanta hacer todo en mármol; tiene una silla de mármol, un vaso de mármol, una cama de mármol… ¡Hasta un cepillo de dientes de mármol, con lo que tiene que doler eso! Es mi mejor amigo y, aunque es un quejica, me lo paso genial con él.

Y llegó el momento de la verdad.

El pulso de Boti se aceleraba cada vez más mientras escuchaba a Lisa y Chiara animarle:

—¡Fiorentona, Fiorentona, oé, oé, oéééé!… —empezó a jalear Rafa, el más pequeño del equipo, mientras metía los dedos en la tierra roja para pintarse con ellos la cara como un guerrero. Rafa tiene seis años, pero dibuja como si tuviera veinte, por eso le hemos incorporado a la pandilla. Vale, por eso y porque tiene un grupo de juglares rock flipante.

Y así, con toda la energía que le enviamos sus amigos, Boti aspiró una bocanada de aire, tocó sus deportivas de la suerte, tomó carrerilla y le dijo al portero:

—¿Te gustan los muebles viejos?

—No —dijo el portero del Pizza FC sin entender—, ¿por qué lo dices?

—¡Porque vas a morder el polvo!

Y, ¡toma! ¡Penaaaaaltiiiiii! Boti metió el primero de lo que sería una tanda de penaltis que dio la victoria rotunda a la Fiorentona. Después vino otro de tacón, otro de cabeza y otro más haciendo el pino. No me preguntéis cómo lo hace, pero lo hace.

—¡Vivan mis deportivas! —gritaba Boti, emocionado, mientras las sostenía con los brazos en alto. Sus cordones ondeaban al viento y los rayos del sol las iluminaban de tal forma que parecían un verdadero tesoro.

Y todos empezaron a gritar:

—¡Ese Boti, cómo mola, se merece una ola!

Entonces Rafa sacó la viola de su zurrón y dijo:

—Amigos, voy a escribir un temazo para cantarlo después de cada victoria. Ya tengo el estribillo: «We are the… algo… my friends». ¿Cómo lo veis?

—¡Genial! —dijeron todos, y luego Miguel Ángel y Rafa subieron a Boti a hombros y se lo llevaron saltando y gritando—: ¡Zapatiiillas, zapatiiillas, oé, oé, oé!

Entonces me fijé en Lisa y Chiara, que tenían una mirada extraña.

—¿Qué os pasa? —les pregunté—. ¿No estáis contentas?

—Sí —dijo Lisa con sinceridad—, mucho, lo que pasa es que… es que…

—¡Que no es para tanto! —añadió protestando Chiara—. ¡Que Lisa y yo hemos jugado igual de bien que Boti, es más, ella sola ha parado todos los tiros del contrario, y nadie nos ha hecho una fiesta!

—Pues es verdad —contesté—, pero es que él dice que tiene sus…

—¡Sí —contestaron a la vez—, ya lo sabemos: sus deportivas de la suerte! Al instante, Lisa se acercó a mí con su sonrisa suave de melocotón y dijo:

—Me alegro muchísimo de los penaltis de Boti, Leo, ¿cómo no me iba a alegrar? Somos un equipo y la victoria de uno es la victoria de todos. Es solo que me parece que le dais demasiada importancia a las deportivas y poca a la técnica y a la capacidad de juego. ¿Qué pasaría si un día desaparecieran?

Me encogí de hombros. No supe qué decir, y un escalofrío me recorrió la espalda. Yo entonces no lo sabía, pero la respuesta a la pregunta de Lisa estaba a punto de llegar.

3

¿DÓNDE ESTÁN
MIS DEPORTIVAS?

Como cada día después del partido, fuimos a la inmensa cocina de mi abuela Lucía para celebrar un fiestón.

—¿Pongo aquí estas guirnaldas rojas, abuela? —preguntó Miguel Ángel mientras hacía equilibrios, subido a la chimenea.

—¡No, que se pueden quemar con el fuego! —gritó mi abuela—. Mejor engánchalas a los cuernos del ciervo que hay colgado en la pared.

—Abuela, ¿dónde está el tomate? —quiso saber Lisa.

—En el tercer estante de la alacena.

—¿Y el *pepperoni*, abuela? —insistió Boti.

—Acabo de dejarlo sobre la mesa.

—¡Que ya tengo la pizza! —gritó Rafa con toooda la masa cayéndole por la cabeza, haciendo que pareciera un fantasma—. ¿Qué hago con ella, abuela?

«Abuela, abuela, ¡abuelaaaa!»: definitivamente, en diferentes tonos y con diferentes voces, después del partido la palabra que más se pronuncia en mi casa, incluso por encima de «balón», es «abuela». A veces me enfado un poco y le digo a mis amigos:

—A ver, que no es vuestra abuela, ¡que es mi abuela!

Pero yo se la presto porque son mis colegas y… porque sé que a ella la hace muy feliz.

Mi abuela es especial, incluso he llegado a pensar si en realidad no será un hada que una vez se perdió en el bosque de Vinci, y apareció mi abuelo Antonio y se la ligó. De verdad que lo he pensado. Y lo hace todo bien: cocina, canta, y cuando mis amigos y yo nos caemos jugando al fútbol, ella nos da un ungüento que cura las heridas sin que escuezan. ¡Y da unos besos! ¡*Muaaac*! ¡De esos de dejarte sin moflete! Yo le digo que no me bese delante de mis amigos, porque uno tiene una reputación que mantener. Solo me hace caso a veces. Muy pocas. O sea, nunca.

Y por la noche, entra en mi cuarto y después de preguntarme si me he lavado los dientes, me acaricia el flequillo y me dice: «Qué grande vas a ser, *carissimo* Leo, qué grande vas a ser».

¡Y además es una artista famosa! La conocen en toda Florencia por ser la mejor decoradora de vasijas, platos, fuentes, jarras y no sé qué más de cerámica. A lo mejor a mí me gusta tanto pintar porque la veo a ella... Puede ser.

—¡Leo! ¡Que de qué hacemos la pizza para celebrar la victoria de tu equipo, petardo! —preguntó mi abuela, sacándome de mi reflexión con un codazo. Porque no os lo he dicho, pero ¡tiene un genio...!

—¡De chorizo, sin duda, de chorizo! —saltó Chiara.

—¡Qué asco! —gruñó Miguel Ángel—. Yo la quiero de atún con champiñones —y añadió—: Y con unas gambas, *per piacere*.

—A mí solo me gusta de jamón —dijo Rafa.

—¡Qué va, qué va! —se opuso tajantemente Boti—. La pizza tiene que ser de pollo a las finas hierbas con unas briznas de hibisco…

—¡Genial, Boti! —grité—. Vamos a inventar una receta como las del restaurante que queremos poner cuando seamos mayores y nos vayamos a vivir todos juntos. Yo voto por añadir pulpa de tamarindo y cardamomo.

—¡Tú sí que tienes cara de mono! —protestó Chiara.

Y se lio.

Se lio el follón y voló más de una loncha de salami hasta que mi abuela, muy despacio y tranquilamente, se limpió las manos con el delantal, se llevó los meñiques a la boca y… *¡fiuuuuuuuuuuuu!*, dio uno de sus silbidos huracanados, dejándonos a todos tiesos.

Después, mi abuela, como si fuera un pistolero, se sopló los dedos, orgullosa de la hazaña, y volvió a enfundar los meñiques en el delantal. Tres segundos después dijo:

—La pizza va a ser de ternera, verduras y salami. ¿Entendido?

Y todos le dijimos moviendo la cabeza a la vez:

—Sísísísí, muy bien, muy bien, muy bien.

—Pero antes, y siempre que no me fastidiéis mucho, ten-dremos un plato especial para celebrar la victoria en el fútbol.

—¡¿Cuál?! —preguntamos todos, alucinados.

—*Spaghetti alla nonna Lucia*, también conocidos como *cani pelosi* —y tooodos nos pusimos a cantar y bailar al son de una tarantela, que es lo que hacemos siempre que mi abuela nos prepara una de sus recetas:

> *Fare presto la ricetta*
> *per llenare la panceta:*
> *prende quattrocento grammi*
> *di spaghetti e un po' di salami.*
> *Ora abre un paquetito*
> *de salchicha, ¡al rico perrito!*
> *Tralaliro tralalá,*
> *con amore cocinará.*
> *Tralaliro tralalá,*
> *la tua panza llenará.*
> *Allora pincha gli spaghetti*
> *en el perrito; ¡non sei caguetti!*
> *Pincha, pincha uno per uno*
> *¡como se fosse pinchito morunno!*
> *Tralaliro tralalá,*
> *con amore cocinará.*

Tralaliro tralalá,
la tua panza llenará.
Già con tutti los perritos,
molto llenos di spaghettitos,
cuécelos diez minutitos:
¡baila, baila, meneíto!
Tralaliro tralalá,,
con amore cocinarááá.

Y caímos muertos de risa en el suelo de la cocina mientras la abuela nos servía un platazo de aquellas salchichas peludas riquísimas. Estaban tan buenas que hasta mi perro Macaroni, que no se mueve ni aunque le persiga un tigre, se acercó y abrió la bocaza dispuesto a mangarle los *spaghetti* a Miguel Ángel. En cero coma medio segundo, Miguel Ángel protestó, diciendo:

—¡Ni se te ocurra tocar mi comida o te cocinaré como los perritos de la abuela!

Macaroni puso su cara pasota y dijo *«guau,* que en realidad quería decir: «A ti sí que habría que hervirte, pedazo de alcornoque». Y añadió: *«reguau»* que significaba: «Paso de vosotros, me voy con las chicas, que tienen más sensibilidad». Y se metió debajo de la silla de Lisa porque sabía que, antes o después, le caería algún fideo.

—Ha llegado el momento de demostrar lo que valemos en el partido más difícil de la temporada: la final de Liga con el Inter de Melón —dijo Miguel Ángel, solemne.

—¡Pero si al Melón nunca le ha ganado nadie en el planeta Tierra! —apuntó Rafa.

—¡Le vamos a meter tres a cero! —añadió Lisa, segura.

—¿Qué dices? ¡Diez a cero! —soltó Chiara, apretando el puño.

—Cualquier cosa es posible —contestó Boti. Y, entonces, se puso poético, por no decir moñas. Se subió a la mesa y empezó a recitar—: Donde estén mis deportivas, allí está la victoria; donde estén mis deportivas, allí está la vidilla; donde estén mis deportivas... Un momento, ¿dónde están?

Y de golpe todos volvimos el cuello hacia el zurrón de deporte de Boti del que, hasta hacía un momento, colgaban sus deportivas.

¡Era verdad! ¡No estaban!

¿Quién se las habría llevado de allí?

4

UN ENEMIGO LLAMADO
STICKER PATILLAS

El sol comenzaba a esconderse, y la noche y sus misterios estaban a punto de entrar en escena. Se mascaba la tragedia. Y a mí me picaba un pie.

—¡No puede ser! —decía Boti, colorado y sudoroso mientras buscaba en su zurrón de deporte una y otra vez, metiendo la mano en todos los bolsillos, dándole la vuelta y poniéndoselo de gorro para ver si así las deportivas caían de no se sabe dónde.

—Le va a dar un telele —dijo Lisa con mucha razón—. Ahora tiene un tic en el ojo.

—¿Le arreo? —preguntó Miguel Ángel.

—¡No, tío! A ver chicos, un poco de estrategia policial —les dije en plan detective—. Cuando se comete un delito, los cacos siempre dejan huellas.

—Pero Leo —replicó Lisa—, si hubiera venido un caco, lo habríamos visto. ¡Estábamos todos aquí!

—¡Exacto! Lo que quiere decir que el ladrón tiene que ser…

—¿Uno de nosotros? —dedujo incrédulo Rafa—. ¡Pero si somos amigos y seguimos todos en el mismo sitio!

—No todos… —dijo Boti—. Falta la abuela.

—¿Quééé? —soltamos a la vez.

—¡Oye; tú no te metas con mi abuela! —protesté.

—¿Le arreo? —volvió a preguntar Miguel Ángel, y la verdad es que esta vez estuve a punto de decirle que sí; pero yo creo que la violencia es para los que no saben resolver los problemas de forma inteligente, así que…

—Quieto. Boti tiene razón. Pero ¿para qué iba a querer mi abuela unas deportivas de fútbol?

—¡Chicos, mirad! —dijo Rafa—. Hay unas gotas de agua en el suelo…

Esa era la pista clave. Llegaban hasta la empinada escalera azul que conducía a la azotea. Y, entonces, pensé: agua, azotea, lavadero de la abuela… ¡Ay, madre! ¿Habría lavado las deportivas?

Todos subimos trotando como caballos, esperando que no fuera cierto. Pero lo era, ¡vaya si lo era! Cuando asomamos la cabecilla por la puerta… ¡las deportivas estaban colgadas en el tendedero, relimpias, remendadas y reperfumadas!

—¿Qué —preguntó mi abuela, toda inocente—; a que ahora están mucho mejor? Es que las tenías hechas un asco.

¡*Plof*! A Boti le dio el telele y se cayó mareado, dándose con todo el morro en el suelo. ¡Cómo se puso la nariz! Seguro que su madre luego nos echaría la bronca.

La abuela no entendía nada y tuve que explicarle que, con la mejor de las intenciones, se había cargado el poder mágico de las deportivas.

—¿Cómo? —y se echó a reír en un momento para nosotros muy dramático, pero que a ella debía de parecerle tronchante—. ¡Venga ya! O sea, ¿que a Botticelli le da un jamacuco porque lave sus deportivas, y no le da por el tufo a pie que desprendían? Pues, sinceramente, he olido quesos gruyer con menos aroma.

—¡Pero son las «triple jota», las que le dan suerte para meter los penaltis! —repuso Miguel Ángel.

—¡Paparruchas! Eso son supersticiones; la suerte no existe, la suerte es para el que se la trabaja —sentenció mi abuela.

Y yo, que soy un hombre de ciencia, bueno, un niño de ciencia, pensaba igual que mi abuela.

—¡Leo, Leo, Leo! —gritó mi pájaro Spaghetto—. ¡Se acercan problemas!

—¿Más? —le pregunté, porque yo hablo con Spaghetto, bueno, y con todos los pájaros.

En realidad, *¡shhhhhh!*, este es uno de mis grandes secretos. Lo descubrí un día en que Spaghetto, un bonito herrerillo común, también llamado *Cyanistes caeruleus*, estaba preso en la jaula de mi vecino don Girolamo. Era de color azul y verde brillante, con la barriga amarillo limón y un antifaz negro en los ojos que le daban aspecto de superhéroe. Estaba todo mustio y alicaído, así que… ¡lo liberé! Y, al instante, escuché una voz que me dijo:

—Gracias, majo.

Y yo me quedé medio turulato y le pregunté:

—Pero ¿tú hablas mi idioma?

—Pues sí —me contestó él—, porque si llego a hablar chino no me habrías entendido ni un pimiento, juas, juas…

Y entonces aprendí dos cosas: que puedo hablar con los pájaros y que Spaghetto cuenta unos chistes malísimos. Desde entonces me paso el día dibujándole y observándole para poder construirme unas alas y volar a su lado. De momento, la cosa está chunga, pero algún día lo conseguiré.

—¡Leo, el niño más siniestro y retorcido de todo Vinci, o sea, Maquiavelo, está a punto de entrar en tu casa! —pajareó Spaghetto—. ¡Cerrad la puerta antes de que entre!

Bajamos todo lo rápido que pudimos, pero era demasiado tarde.

—Hooola, querido amigo Leonardo —me dijo con su sonrisita falsa Maqui mientras ponía un pie en la puerta para evitar que cerrase—. He venido lo antes que he podido para darte una noticia malísima, muy a mi pesar, claro…

—Claro —*se lo va a creer tu tía*, pensé, aunque respondí—: ¿Y cuál es?

—Que los del Inter de Melón han fichado a Sticker Patillas, el mejor portero del mundo, para que juegue contra vosotros.

—¡Quééé? —preguntó Boti, que empezaba a despertar, pero al oírlo, ¡*plaf!*, se volvió a caer.

—¡Pero Patillas es muy mono! —gritó Lisa.

—Es más que mono —dijo Chiara, poniendo ojitos de cordero degollado—. ¡Es el jugador más guapo del universo! ¡Guau, Patillas! Tengo que comprarme un vestido nuevo, y arreglarme el pelo, y…

—¿Y por qué han quitado de portero a Leonino Paradone? —pregunté, porque hablar de ponerse «mono» para Patillas no me volvía loco, precisamente.

—Porque ha suspendido mates y su madre no le deja volver a entrenar hasta que no las apruebe —contestó Maqui—. ¿Qué mente sin piedad le habrá aconsejado eso a la madre…?

—*Pssst…* seguro que ha sido él —me susurró al oído Spaghetto.

—Aunque vosotros no tenéis nada que temer, ¿verdad? —preguntó Maqui con malicia.

—Hooombre, pues… —se le escapó a Miguel Ángel.

Y Maqui, rápido como una serpiente, se fue hacia él y le preguntó:

—Uy, ¿tal vez haya algún triste detalle que yo no conozco y pueda poner en peligro vuestra victoria?

—¡No, no, no, nada de nada! —repetimos todos.

—¡Pues claro que no! —aseguró mi abuela—. Estos chicos son los mejores, con independencia de que Boti tenga o no sus apestosas deportivas de la suerte.

Y entonces yo sentí que me caía en un enorme agujero hacia el fondo de la Tierra mientras gritaba: «¡Abuela, noooooooooo!». Y así descubrimos que mi abuela, además de cocinar, pintar, besar, cantar y lavar… ¡era una chulita!

Ahora Maqui conocía nuestra debilidad, por mucho que él disimulara diciendo:

—¡Oooh, cuánto lo lamento! Si os puedo ayudar de alguna forma…

—A ver —les dije a todos, intentando tranquilizarles—, lo importante de un buen jugador es eso, que sea buen jugador, ¡no sus deportivas! Yo voto porque tú, Miguel Ángel, te estudies la técnica de juego de Patillas y entrenes a Boti para ganarle.

—¡Hecho! Su punto fuerte es la velocidad, así que vamos a prepararle para que sea más rápido que un guepardo. ¡Vamos Boti, cien flexiones en el suelo!

—¡No puedo! —gimoteó, mareado, desde el suelo.

—Esto se pone fatal —sentenció Rafa—. Y, ahora, ¿qué vamos a cantar cuando acabe el partido: ¿«We are the… churros?». ¡Pues adiós a la Liga!

—¿Y si jugamos una de nosotras en lugar de Boti? —soltó Lisa como quien suelta una bomba.

—¿Qué? —exclamó Miguel Ángel—. ¡Eso es imposible!

—¿Por qué? Soy la portera del equipo, pero también sé meter goles…

—¡Sabe meterlos que te mueres! —añadió Chiara—. Y yo, cuando agarro un balón, no hay quien me lo quite hasta que chuto a gol.

—Ya, ¿y cómo pensáis meterle los goles a Patillas, tirándole besitos? —preguntó Miguel Ángel moviendo el trasero como una chica cursi—. Porque todos hemos visto cómo os habéis puesto al enteraros de que venía el Patillas ese de las narices…

Y se volvió a liar.

Miguel Ángel estaba convencido de que Lisa y Chiara no querrían meter goles a un chico tan guapo. Además, nunca las habíamos probado en los penaltis. Yo no estaba de acuerdo con él, pero Miguel Ángel era el entrenador, él decidía cómo se jugaba en la Fiorentona. En fin…

—¿Sabéis que hay otra solución? —dijo de repente Maqui… y una nube negra oscureció Vinci—. Solo personas altamente inteligentes y sensibles como yo conocen que cuando los objetos mágicos pierden su aura, hay que pedir consejo a un ser de otro mundo, un ser especial.

—¡Venga ya, tío! —le dijo Miguel Ángel—. ¡Lo único que hay que hacer es quitarle la tontería a Boti!

—¡No! —dijo entonces Botticelli—. Dejadle hablar.

Y Maqui, sonriendo enigmático, contestó:

—Solo hay que hacer una cosa: ¡consultar a la Maga del Bosque!

5

LA MAGA DEL BOSQUE

Y así fue como nos metimos en el bosque de Vinci de noche, en plena tormenta, desafiando a los peligros y al resfriado, buscando a la Maga del Bosque. Lo que yo no podía imaginar era que nuestra aventura iba a poner en peligro la vida de Lisa, que estaba a punto de darse la torta padre…

—¡Vamos, Leo —dijo mi pájaro Spaghetto—, espabila, que tienes que pensar un plan rápidamente!

Un plan rápidamente, un plan rápidamente… pero yo pienso mejor dibujando. Así que saqué un pergamino de mi zurrón y empecé a dibujar el esquema de la situación: a la izquierda estaba mi amiga Lisa a punto de caer; en el centro mis otros amigos y yo en un camino sobre el que no podíamos apoyarnos porque cada vez se hacía más resbaladizo; y a la derecha, y en tierra más firme, un árbol muy largo tirado en el suelo. *Si tuviera un punto de apoyo*, pensé, *podría dibujar una parábola con efecto catapulta y… ¡pero si lo tengo!*

¡Debajo del tronco había una enrome piedra! Y lo vi claro.

—Chicos, ¡vamos a hacer un balancín!

—Pero Leo, ¿tú crees que es el momento de ponerse a jugar a los columpios? —dijo alucinado Miguel Ángel.

—¡Que no es eso! Escuchadme: tenéis que ayudarme a empujar el árbol hasta el borde del terraplén. Ojo porque la piedra tiene que quedar debajo del tronco, a la mitad aproximadamente…

—¡Lo tenemos! —gritó Boti.

—¡Socorro, me voy a caer! —gritó Lisa, que veía cómo se iba deslizando cada vez más y más hacia abajo.

—Este es el plan: yo bajo por el tronco junto a Lisa, corto el vestido que la sujeta al arbusto con una mano y la sujeto con la otra. Entonces, vosotros saltáis a la vez sobre la punta del tronco y, *voilá*. ¿Entendido?

—¡No, pero lo vamos a hacer igual! —me dijeron todos.

—¿Y si no funciona? —preguntó Lisa con los ojos brillantes.

—Funcionará; es pura ciencia.

—Está bien, Leo —dijo—: adelante.

Y me lancé.

Bajé por el tronco, la cogí con la mano y grité: «¡Ahora!». Y de golpe mis amigos saltaron al otro extremo del árbol, ejerciendo un efecto catapulta que nos hizo salir disparados a Lisa y a mí, dibujando una parábola perfecta en el aire, hasta caer con el trasero en terreno firme.

—¡Sí! ¡Lo hemos conseguido! —gritamos.

Entonces a Lisa se le escapó una lagrimilla, se abrazó a mí y me dijo:

—Gracias, Leo.

¡Y me besó en el moflete! Yo me quedé flipando en colores.

—¡Eeeh! —dijo Miguel Ángel, un poco mosca—. ¿Y a mí qué?

—A ti, cuando las ranas críen pelo —replico Lisa, divertida.

—¿Eso es bueno? —preguntó emocionado Miguel Ángel.

—No exactamente —le dijo Rafa—, no exactamente…

Y entonces nos dimos cuenta de algo: había dejado de llover. No quedaba ni una nube y en medio del cielo brillaba una luna gorda y redonda como un queso. El bosque, que hasta hacía un minuto daba bastante canguelo, parecía mucho más agradable. Y al fondo del camino, rodeada de setas de mil y un colores, pudimos vislumbrar una pequeña cho-

cita de madera y paja con humo en la chimenea y la puerta entreabierta.

—¡Será esa la casa que buscamos? —preguntó Miguel Ángel.

—«Que sí, melones, que esta es la casa que buscáis» —leyó Chiara en otro cartel.

Hay que fastidiarse, la Maga lo tenía todo previsto. Así que nos miramos, nos encogimos de hombros y comenzamos a caminar hasta allí.

6

EL EXTRAÑO CONSEJO

De lejos, la choza de la Maga imponía respeto, pero de cerca era mucho peor, entre asquerosa y horripilante: los troncos de madera oscura que la formaban estaban carcomidos, llenos de moho amarillo purulento… ¡con unos bichos diminutos y dentones que no había visto en mi vida! Las ventanas estaban tapadas desde dentro con telas negras y por encima de la puerta de entrada había una telaraña tan grande que era imposible entrar sin pringarse. Y, si así era la telaraña, ¿cómo de gorda tendría que ser la araña que la había hecho? Y lo más importante: ¿estaría todavía por allí?

—¡Entra tú primero! —le dijo Miguel Ángel a Boti.

—¿Yo-yo-yoooo, y por qué yo? —contestó, tartamudeando.

—¡Porque estamos aquí por tus dichosas deportivas! —le espetó Miguel Ángel.

—Miguel Ángel tiene razón —me pajareó al oído Spaghetto.

—¡Boti, te ha tocado! —le gritó Chiara, empujándole.

—Chicos, haya paz —les dije—. A ver, el sentido común nos dice que no entremos ahí ni de churro. Pero ¡qué narices! Hemos hecho un viaje en una noche infernal donde Lisa se ha jugado el tipo para algo. ¡No nos vamos a quedar ahora en la puerta!

Y, de repente, una voz quejumbrosa nos habló desde dentro de la choza:

—¿Quién anda ahí? —preguntó.

Tum-tum, tum-tum, tum-tum, latían nuestros corazones sin dejarnos articular palabra.

—¿Sois los niños que buscan mi ayuda?

¡Toma! ¡Nos había reconocido! ¿Cómo era posible?

—¡Vamos, niños, pasad pronto! ¿No querréis que os coma la Bestia de la Noche? —nos advirtió.

—¿La Bestia de la Noche? —dijimos al tiempo que nos mirábamos con terror.

En cero coma medio segundo estábamos dentro, ignorando la telaraña gigante. Después de todo, entre que te coman o que te manchen, la decisión no es muy difícil.

—Bienvenidos a la casa de la anciana Maga del Bosque —dijo la voz desde algún lugar que no éramos capaces de ver.

Chis, chas, repiqueteaban los leños de madera ardiendo en color rojo y amarillo bajo una norme olla gris de la que salían burbujas y un gran vapor, acompañado de hedor a huevo podrido. Tan solo la luz de los leños iluminaba la choza, de forma que las paredes y el raquítico mobiliario que había reflejaba sombras móviles que le daban al lugar un aspecto que decía: «sal corriendo».

—Esto sí que es tenebroso. ¡Mola! —dijo Miguel Ángel con su habitual falta de miedo.

—Pe-pe-pero si casi no se ve nada —volvió a tartamudear Boti.

—¡Sí que se ve, mira: ahí hay varios botes con ojos y dientes! —exclamé.

—¿¡¿Cómo???? —respondieron todos al unísono.

Y todos salimos corriendo hacia la puerta de salida cuando, ¡zas!, de un salto, una figura encapuchada nos interceptó el paso.

—¿Adónde creéis que vais? —preguntó.

Y entonces vimos que se trataba de una anciana de enorme nariz a la que no podíamos ver bien el rostro porque lo llevaba tapado con la capucha de una capa de terciopelo ver-

de. Sus pies calzaban enormes y puntiagudas botas rojas y sus manos iban tapadas con unos guantes negros. Pero lo mejor era la superjoroba de su espalda: había visto camellos menos jorobados que ella.

—Vamos, chicos, si estáis aquí es porque buscáis la respuesta a una pregunta. No dejaré que os marchéis sin tenerla —nos animó la anciana.

Mi cabeza empezó a procesar rápidamente: ¡esa voz me era familiar!

—¡Spaghetto! —le dije—. ¿No has escuchado esa voz antes?

—Puede ser —me contestó—, pero es la primera vez que veo a una Maga del Bosque.

Entonces, la abuelilla se tapó aún más el rostro y nos condujo hacia el centro de la sala.

—Pasad, queridos niños: estáis empapados y muertos de frío. Acercaos al fuego… —nos invitó.

—A ver si con la tontería nos va a querer echar a la olla —susurró Lisa.

—Hay que estar prevenidos —le contesté.

Entonces, la Maga se subió a un pequeño banco de madera de caoba y dijo:

—Y ahora hablad… ¡o callad para siempre! —dijo con tono amenazador.

—¿Eeeh? —gritamos todos al unísono.

—¡Es una broma! Es que me gusta decirlo para impresionar al personal.

—¡Aaah! —le contestamos, algo molestos, porque sinceramente, en ese momento, no estábamos para bromas.

—Verá —rompió el fuego Boti—, yo tenía unas deportivas que... cómo le diría yo...

—¿Eran tus deportivas de la suerte y han perdido su poder? —se apresuró a preguntar la ancianita.

—¡Síii! ¿Cómo lo sabe?

—Querido niño: ¡yo lo sé todo porque soy la Maga del Bosque! Y también sé que esa niña se ha roto la falda cuando estaba a punto de caerse en el abismo.

—¡Guau! —dijo Lisa—. ¿Cómo lo sabe?

—Y sé muchas más cosas; por ejemplo, que Miguel Ángel todavía duerme con el osito de piedra con el que lo hacía cuando era bebé, que Chiara le copia el peinado a Lisa, que Rafa ha roto sin querer el laúd de su papá y... ¡que Leonardo desconfía de mí absolutamente!

—¡Guauuu! —dijimos todos—. ¿Cómo lo sabe?

—Pues porque soy...

Y repetimos con ella a la vez:

—¡La Maga del Bosque!

—¡Exacto! —respondió, orgullosa—. Y ahora, por favor, acercadme las deportivas.

Rápidamente, Boti sacó de su zurrón las relucientes deportivas y se las llevó a la anciana, quien las cogió con sus largos y huesudos dedos enguantados.

—Y, ahora —dijo—, cerrad todos los ojos porque vamos a concentrarnos. Por favor, subid las manos en posición de meditación.

—Por si acaso, yo voy a dejar un ojo abierto —susurró Spaghetto.

La Maga se acercó las deportivas a la frente y dijo:

—Mmm… Puedo oler el miedo…

—¡Pues tenía que haberlas olido sin lavar, juas, juas! —se rio en voz baja Miguel Ángel.

—¡Silencio! —nos regañó—. ¡Un poco de respeto, o llamaré personalmente a la Bestia de la Noche!

Y todos cerramos los ojos rápidamente.

—Bien, prosigamos. Estas deportivas tenían un poder; el don de la victoria que los hados solo conceden a unos pocos. Peeero… han sido despojadas de él y ahora las deportivas lloran el vacío energético. Aunque todo tiene un precio.

—¡Guay! —dijimos—. ¿Y cuál es?

—Diez florines y la voluntad —respondió ella.

Todos abrimos los ojos de golpe.

—¿Perdón? —le dije a la Maga, sin entender.

—Que si queréis una solución os va a costar diez florines y la voluntad. Y eso que estoy de rebajas…

¡Vaya con la Maga! ¡Qué tía más lista!

—Niños, estamos en crisis y las magas también tenemos derecho a salir adelante… —se defendió ella.

—Ya, ya, pero es que no sé si tenemos tanto dinero. ¿Qué lleváis, chicos? —pregunté a mis amigos.

—Yo tengo un florín y una chapa —dijo Boti.

—Yo dos florines y una goma del pelo —añadió Chiara.

—¡Tres florines por aquí! —gritó Lisa, contenta.

—Yo llevo una piedra y un pañuelo con mocos —dijo Miguel Ángel—. ¿Esto vale?

—Me temo que no, amigo. Rafa, ¿y tú? —pregunté.

—Una púa para tocar el laúd y medio florín —respondió el más pequeño del grupo.

—Un cañamón y una pipa —pajareó Spaghetto.

—Vaya, pues yo solo llevo un florín y tres cromos —me percaté.

—¿Son de fútbol? —preguntó la Maga.

—No, de animales —respondí.

—Mmm… —dijo pensando la anciana—. Siete florines y medio y tres cromos. Está bien. ¡Me vale! Y ahora preparaos para el gran consejo.

Entonces, sacó un puñado de polvos verdes que al tirarlos en la olla hizo que saltaran mil y una chispas, provocando una humareda multicolor que nos envolvió a todos mientras recitaba solemne:

Cuando una deportiva se ha descargado,
y su dueño se ha puesto realmente pesado
solo puede haber un remedio obligado:
vuelve al origen y repite el pasado.

Y el humo multicolor se transformó en un polvo negro que al instante cayó sobre nuestras cabezas, tapándonos los ojos y dejándonos tan sucios que parecía que acabáramos de salir de una chimenea. Cuando conseguimos recuperar la visión, ¡la Maga había desaparecido!

—Pero ¿cómo? ¿Se ha largado sin más? —preguntó Lisa.

—¿Todo este rollo para una rima tan mala? ¡Pero qué se ha creído esta bruja loca! —gritó ofendido Miguel Ángel.

—¿Eh? ¡Señora, vuelva, que no hemos entendido nada! —añadió Rafa mientras la buscaba por la choza.

—Yo creo que lo ha dejado muy clarito —soltó Boti.

—Pues a ver si nos lo puedes explicar —dijo Chiara.

—Muy sencillo: tengo que «repetir el pasado», es decir, que tengo que coger las deportivas y ensuciarlas, romperlas y llenarlas del olor asqueroso que tenían. ¡Está chupado! —explicó resuelto Boti.

—Hombre, tiene su lógica —comentó Rafa, rascándose la cabeza—, dentro de la tontería del planteamiento, claro.

—Pues yo no lo veo nada lógico —dijo Miguel Ángel, cogiendo el camino hacia la salida.

—Ni yo tampoco —exclamó Lisa, arremangándose la falda para caminar más rápido.

—Barrunto problemas, muuuchos problemas —me dijo Spaghetto, que todavía tenía las plumas llenas de hollín.

—Dinos, Leo, ¿qué piensas tú? —me preguntó Chiara.

—¿Sinceramente? Pues veréis, no creo en las magas, ni en los trucos, ni en los sortilegios. Amigo Boti, no me lo trago. Si tú quieres seguir los consejos de esta señora, yo no te lo voy a impedir, pero voy a poner en marcha un plan B para ganar el partido. Amigos, en todo esto hay algo que me huele muy mal y no son las deportivas precisamente…

7

EL TALLER SECRETO

—¡Vamos, Miguel Ángel, no tenemos tiempo que perder! —le dije, guiándole a toda velocidad con una antorcha mientras bajábamos la larga fila de escaleras que conducía al sótano húmedo de la casa de mis abuelos—. Pero, tío, tienes que guardarme el secreto. Nunca jamás persona ni bicho alguno ha estado antes aquí.

—Me estás preocupando —contestó Miguel Ángel—, ¿qué guardas ahí dentro?

—*Shhhh…* a su debido tiempo. Quiero estar seguro de mi decisión: ¿qué estarías dispuesto a dejarte hacer antes de contar lo que te voy a revelar? —pregunté.

—No sé… ¿Afeitarme la cabeza? —replicó el muy bruto.

—Mmm… muy poco convincente —no me fiaba.

—¿Que me metieran hormigas carnívoras por los calzoncillos? —aventuró Miguel Ángel.

—¡Eso está mejor! Te lo recordaré si llega el momento.

—Bueno, Leo, ¡suéltalo ya!

—Hemos llegado. Ahí lo tienes.

—¿Ahí? —y Miguel Ángel se frotó los ojos, incrédulo—: Yo solo veo una pared marrón.

—Algo más…

—Una pared marrón de… ¿ladrillos?

—Exacto. Amigo, hay que saber ver más allá de lo evidente. ¿Qué número resultante de la relación entre una circunferencia y su diámetro repiten los pájaros una y otra vez? —le pregunté.

—¡Eso lo hemos dado en mates! Me suena que es un número gracioso, y si lo dicen los pájaros, solo puede ser *pi-pi-pi-piii*. ¡El número pi!

—Muy bien, que es… —traté de sonsacarle.

—3,1415 —contestó él sin dudar.

—*Bravissimo!* Ahora espabila y, a partir del ladrillo rojo, cuenta tres ladrillos a la derecha, catorce a la izquierda y dieciséis hacia arriba. Si el ejercicio es correcto y eres un tío guay, deberías empujar el ladrillo correcto y se abrirá la puerta.

—¿Y si no?

—Te llenaré los calzoncillos de hormigas carnívoras. ¡Ja, ja, ja! Venga, inténtalo.

Miguel Ángel siguió mis indicaciones y, al llegar al ladrillo clave, como por arte de magia, la pared se elevó por los aires y…

—Bienvenido a mi taller.

—¡Guau! —exclamó casi sin aliento—. ¡No me lo puedo creer!

Un mundo extraordinario se abrió ante sus ojos: pájaros de todos los colores revoloteaban en un jardín que había conseguido reproducir bajo tierra gracias a un complicado sistema de transmisión de agua y

luz del sol. También tenía unos pequeños robots con forma de animales: un león, una jirafa, un pato y un elefante. Este último por mejorar, porque la trompa se volvía loca y teníamos que agacharnos todo el rato para que no nos diera en la cocorota.

En el techo estaba todo el Sistema Solar proyectado a través de un juego de lupas que iban por el exterior de la casa hasta llegar a un telescopio que tenía escondido en la azotea de mi abuela, junto a las pinzas de la ropa.

Miguel Ángel flipaba al verlo, pero yo flipaba más al verle la cara con toda la bocaza abierta.

—¡Que te va a entrar una mosca! —le dije.

—¡Alucinante! —repetía Miguel Ángel sin pestañear—. ¡Y ahí tienes unas alas! ¡Y un retrato de Lisa! Un momento, ¿por qué tienes un retrato de Lisa? ¿No será que te gusta?

—¡Claro que no! Lo tengo porque, porque… ¡pinto lo que tengo más a mano! Mira, ¿ves ese cuadro? —le dije, disimulando como podía—. Estamos todo el grupo comiendo *spaghetti* en la mesa larga de la abuela y, como fue ayer, lo he llamado *La última cena*. ¿Lo pillas?

—Más o menos —me dijo, poco convencido—. Bueno y ahora dime por qué me has traído con tanta prisa aquí.

—Amigo, la situación es la siguiente: mañana tenemos un partido decisivo y nuestro especialista en penaltis está anulado y atontado —confesé.

—¡Pero él dice que va a recuperar el poder de sus deportivas!

—¿Porque se lo ha dicho una anciana que colecciona cromos y tiene un gusto horroroso para la decoración? Mira, yo creo que hasta que Boti se espabile y vuelva a ser el de antes, tenemos que buscar otra solución.

—¿Que es…? —preguntó Miguel Ángel.

—Si nos hemos quedado sin Boti, que era una máquina metiendo goles, ¡hay que crear otra máquina que meta goles!

—Guay —me dijo con un tufillo irónico—. Y llegamos a los del Inter de Melón y les decimos: «Hola, buenas, que venimos a ganarles con una máquina». Y ellos contestarán tan panchos: «¡Ah, vale!».

—¿Y por qué tienen que saber que es una máquina?

—Mmm… creo que sé por dónde vas.

—Mira mis robots: el pato, la jirafa… el elefante no, que me ha salido un poco chungo. ¿Sabes en realidad qué son?

—Ni idea, pero después de la que tienes aquí montada, me espero cualquier cosa —admitió mi amigo.

—Son autómatas: debajo de la chapa y la madera que los recubre y les da un *look* de bicharracos de verdad, hay una máquina con mogollón de piezas que se pone en marcha con poleas, sirgas y engranajes.

—¿Quééé?

—Que se pone en marcha con cuerdas y palitos —expliqué para que me entendiera.

—¡Aaah! ¿Y esto se te ha ocurrido a ti solito?

—Ya me hubiera gustado. Esto se le ocurrió por primera vez a los egipcios, esos que construían pirámides. Diseñaron una máquina para que la estatua del dios Osiris echara fuego por los ojos y diera miedito al personal.

—Qué tíos los egipcios… —Miguel Ángel estaba maravillado.

—Y luego los griegos, los árabes y los chinos construyeron también máquinas que imitaban el movimiento de humanos, animales o muñecos. Y, ahora, el menda.

—Vale, me has convencido. ¿Podemos hacerlo de mármol? —sugirió.

—No, tío: ¿y luego quién lo mueve?

—Tienes razón. Bueno, ¡pues vamos a construirlo!

—Echa el freno, Madaleno. Primero necesitamos las piezas y solo se venden en Florencia.

—¿Y cómo vamos a ir hasta allí, andando?

Entonces le guiñé un ojo y le dije:

—Tengo un sistema más rápido.

8

UN VIAJE ACCIDENTADO

—¡Aaah! —gritábamos Miguel Ángel y yo mientras saltábamos en el carromato rojo que conducía mi abuela a toda velocidad por las piedras del camino, agarrándonos con los dientes a las barandillas.

—Vinci-Florencia en tres horas. Supéralo —solía presumir mi abuela, muy chulita, de sus capacidades de conductora.

—¡Que nos la pegamooos! —dijo Miguel Ángel.

Y sí, la torta era probable, pero hasta el momento nunca había pasado.

—Vamos, muchacho —le dijo mi abuela a Miguel Ángel—, ¿no te gusta correr?

Pero una cosa era correr y otra lo que ella hacía; arreaba a los caballos para que fueran tan rápido que los mofletes se nos iban para atrás, el aire nos cortaba la respiración y con el vaivén y los golpes no parábamos de hacernos chichones. Como ya la conocían, los campesinos de la zona se apartaban, los pastores se apartaban y hasta las ovejas salían pitando cada vez que aparecía conduciendo mi abuela.

Tenía un lacayo muy melindres, Belino, que se pasaba los trayectos llorando del estrés. En realidad, tendría que conducir él, pero la abuela no le dejaba.

—Si condujera Belino llegaríamos el año que viene —declaraba.

Pobre. Y era tan flaquito que bastante hacía con sujetar como podía la cerámica decorada por la abuela para que no se rompiese. Porque ese era el motivo para viajar a Florencia de mi abuela: vender su cerámica a Ludovico Tranchetto, un comerciante con una tienda en el alucinante mercado del Ponte Vecchio.

—¡Este es el último viaje que hago con usted, *donna* Lucía. Me va a dar un infarto! —decía siempre Belino, pero luego mi abuela le daba pan con mortadela, le hacía un arrumaco y el esmirriado de Belino se quedaba.

A Macaroni, mi perro pasota, le pasaba todo lo contrario; por mucho que corriera mi abuela, él dormía sin inmutarse.

Mira que daba bandazos el carromato, pero nada, ni abrir medio ojo. *A ver si es que ha estirado la pata*, pensé alguna vez. Pero ¡qué va! Roncaba más frito que el palo de un churrero. Qué tío.

El reloj jugaba en nuestra contra. Miguel Ángel y yo solo teníamos un día para construir el robot y tenerlo a tiempo para jugar el partido, así que menos mal que conseguimos convencer a la abuela para que nos llevara hasta Florencia. (Tampoco costó mucho: le dibujé una caricatura de mi abuelo roncando y le di diez besos).

Corre que te corre, nos metimos por una carretera de olivares y viñedos. ¡Guau, pedazo de paisaje! Mi tierra, la Toscana, es el lugar más bonito del mundo. Los campos verdes se llenan de flores violetas y en el aire flotan un olor y una luz especiales que te acarician, como si la tierra quisicra decirte que te quiere.

Pero la cosa empezó a complicarse; Miguel Ángel se puso a estornudar por su alergia al olivo y yo empecé a marearme por las curvas del terreno.

—Chicos, ¿vais bien? —preguntó la abuela que, no sé cómo, tiene ojos en el cogote.

—Más o menos —le dije, blanco como la pared y a punto de vomitar.

—*Santa Madonna!* Paramos ahora mismo —declaró mi abuela.

Y del frenazo, Belino salió despedido.

—¡Es la última veeeeeez…! —gritó.

No veas luego para encontrarlo, lo que nos costó…

Bajé mareado, muy pachucho y tropezándome, pero me dio palo vomitar en pleno viñedo. ¡Era tan bonito! Además, de esas viñas sale el *chianti*, el vino más exquisito de toda la Toscana. Mi abuelo Antonio, que disfruta mucho bebiéndolo cuando come queso, no me lo perdonaría. Así que me fui un poco más adentro, donde los árboles eran más grandes y frondosos y no podía verme nadie.

¡Qué error! De repente, una gran humareda de color verde me envolvió, mareándome aún más, y una voz me gritó desde arriba:

—¡Me has decepcionado, Leonardo!

Vaya por Dios, pensé, *¿y me lo tiene que decir en este preciso momento, que ando con el estómago así?*

Levanté la cabeza como pude buscando al ser que estaba tan enfadado conmigo y, entonces, la vi: subida en la copa del árbol, sobre una rama, como si fuera un canario. Un canario gordo. Porque era… ¡la Maga del Bosque!

¿Otra vez esta tía?, pensé.

—¡Pues sí, aquí estoy otra vez!

Y entonces me di cuenta de que lo había pensado en alto. Hay que fastidiarse…

—Mire, no quiero parecer desagradable, pero créame que este no es el mejor momento para oír sus consejos —dije, con una mano en el estómago y otra sujetándome la cabeza.

—Sí, ya sé que te burlas de todo lo que os dije de las deportivas de la suerte.

—Mujer, tampoco es eso —me defendí.

—¿Y por qué vas entonces rumbo a Florencia en vez de acompañar a Boti a recargar sus deportivas?

—Vale, me ha pillado. ¡Pero de verdad que no tengo nada contra usted! Yo no voy a impedir que Boti siga su trola. Digo…, ¡a su bola!

Y eso sí que la enfadó, así que la Maga pegó un salto, aireando su túnica de terciopelo verde y se puso delante de mis narices diciendo:

—¡Ah, infame que osas bufonearte de mis palabras, arrepiéntete ahora mismo!

—Doña Maga, de verdad que no es buena idea acercarse a mí...

—¡... o derramaré sobre ti mi maldición! —la Maga seguía a su bola.

—Que no, señora, que se aparte de...

—¡Que te arrepientas! —insistió ella.

Y ocurrió.

¡*Buaggggg*! Le vomité encima. Pero ¡sin querer! Y la puse... uf. Me daba pena verla hasta a mí, que estaba harto de ella.

—¡Niño sinvergüenza, esto no quedará así! ¡Canalla! —gritó, junto con otras palabras que mi abuela no me deja repetir, y se largó por donde había venido.

Entonces a Miguel Ángel, que lo había visto todo, porque mi abuela le había enviado a buscarme, le entró la risa y dijo:

—¡Me parece que quien ha «derramado su maldición» has sido tú, juas, juas, juas!

—Pues es verdad. Juas, juas, juas —me reí yo también.

Y volvimos a subirnos al carro, sintiéndonos ahora mucho mejor.

—*Andiamo?* —preguntó la abuela.

—*Presto, andiamo!* —le contesté.

—¡*Ia*, caballos! —gritó la abuela mientras chasqueaba la fusta en el aire.

Faltaba la mitad del camino y no teníamos tiempo que perder. ¡Se acercaba la hora del partido! Y teníamos muchas cosas que comprar en la ciudad más alucinante del mundo: Florencia.

9

¡NO LO HAGAS!

—¡Vamos, renacuajo, quita de ahí, que no tengo tiempo que perder! —me gritó un carnicero con una vaca al hombro que se dirigía a su puesto de venta.

—Oh, perdone, señor.

—¡Por favor, un poco de cuidado, que me vas a manchar mi vestido superideal! —le chilló a Miguel Ángel una dama elegante con cara de mono babuino que iba con su sirvienta a comprar joyas en otro puesto.

Entonces la abuela nos dijo sonriendo:

—Sois unos torpes, ¿eh? —y nos cogió del brazo para rescatarnos del gentío. Después, con una sonrisa de oreja a oreja exclamó—: Bienvenidos al gran centro comercial de Florencia: ¡Ponte Vecchio!

—¡*Guau!* —dijo Macaroni, porque este espectáculo sí que despertó a mi perro.

Un sinfín de tiendas de colores llenaban el puente más antiguo de Europa. La gente iba y venía comprando, preguntando, regateando… Estaba tooodo lleno de puestecitos en los que se podía conseguir cualquier cosa: carne, verdura, salchichas —que Macaroni se empeñaba en olisquear—, telas, zapatos, flores, ovejas, plumas de avestruz, joyas y, por supuesto, ¡la cerámica de la abuela!

Y justo cuando íbamos a sacar las vasijas de la cesta para vendérselas al anciano señor Tranchetto, se armó el follón.

—¡Injusticia, soldados malandrines! —gritó un comerciante a dos soldados que se lo llevaban en volandas.

—¡Ah! Otra vez Renato Malatesta —dijo don Tranchetto, quitándole importancia.

—¿Y por qué se lo llevan? —pregunté.

—¡Porque no puede pagar su puesto de arenques! Se gasta todo lo que gana en fiestas y juergas y luego no le queda dinero para pagar los impuestos por tener una tienda en este puente —me explicó Tranchetto.

—¡Esto no se va a quedar así! Tengo un amigo muy importante en… en… ¡En algún sitio! —gritó Malatesta mientras los soldados le tiraban por encima del puente directo al río Arno.

—Coméntaselo a las truchas del río, ja, ja, ja, ja —se rieron los soldados y el resto de la gente que estaba por allí. Después, con muy mala idea, los esbirros del ejército rompieron de un golpe de kárate el banco donde Malatesta vendía sus arenques—: ¡Banco roto! —gritaron los soldados.

—Y de ahí viene lo de «bancarrota», que es cuando un negocio se arruina —dijo la abuela.

Jopé, lo que sabe mi abuela, pensé. *Y pobre Malatesta*, pensé también.

—Todo esto está muy interesante, pero ¿y las piezas para construir el robot, qué? —preguntó el quejica oficial, o sea, Miguel Ángel.

Esta vez no le faltaba razón.

—Abuela, te dejamos con Belino y nosotros vamos a comprar unas cosillas para… para…

—¡Para jugar al fútbol! —dijo Miguel Ángel, salvando la situación. Después de todo, cuanto menos se supiera de nuestro plan, mejor.

—Vale —accedió la abuela—, pero os quiero de vuelta antes de que se ponga el sol.

—¡Trato hecho! —y nos lanzamos a correr calle arriba. Objetivo: la catedral de Santa Maria del Fiore, a la que también se conocía como Duomo. ¿Por qué? Porque a su lado

estaba la tienda del mejor proveedor de cachivaches para inventos del mundo, don Pascuale Chatarrini.

—¡Queridísimo Leo! —vociferó Chatarrini, tendiéndome los brazos—. ¡Cuánto tiempo sin verte! Oh, pero no vienes solo. ¿Otro amigo inventor?

—Escultor —corrigió Miguel Ángel—. Lo mío es el mármol, aunque también me mola pintar techos… de iglesias. Bueno, y el fútbol.

—¡Fantástico! —le dijo Chatarrini, subido a una escalera con ruedas fabricada personalmente por él con la que se deslizaba por las estanterías de la tienda. No le quedaba otra; Chatarrini era más pequeño que un champiñón, pero tenía una nariz larguísima que le delataba. Tan larga que si subiéramos a la luna, la seguiríamos viendo desde allí. Bueno, más o menos.

—¿Y qué necesitas, Leo? —nos preguntó.

—Cuerdas, tornillos, poleas, engranajes… y un caramelo de fresa. Es que me apetece… —le dije a Miguel Ángel con un poco de vergüenza.

Dieciséis florines. Pagamos, lo metió en una bolsa y adiós muy buenas. Hasta otra, Chatarrini.

Lo primero que hicimos al salir de la tienda fue comprobar la posición del sol. Si llegábamos más tarde de que se pusiera, la abuela nos había advertido que nos daría para el pelo… cosa que nunca ha pasado y tampoco sé qué querría decir.

Calma, todavía teníamos tiempo. Pero al levantar la vista, ¡alucinamos en colores! Subido en lo más alto de la torre del Campanile de la plaza del Duomo… ¡estaba Boti a punto de lanzarse!

—¿Pe-pe-pe-pe-ro tío, qué haces ahí? —le preguntamos a gritos.

—¡Hola! —nos saludó efusivamente Boti—. He venido porque no tengo otra solución.

—¡No; siempre hay otra solución! —le dije, aterrado por la idea de que fuera a tirarse de la torre por culpa de las deportivas.

—Este chico está fatal —sentenció Miguel Ángel.

—¡Pero tenemos que hacer algo! —yo estaba cada vez más nervioso.

—Es verdad. ¡Larguémonos de aquí! —dijo Miguel Ángel, tirando de mi capa.

—¡No, hombre! —rugí mientras me soltaba de su mano—. ¡No podemos dejar que se tire; es nuestro amigo!

—Bueeeno, vaaale —y entonces se dirigió hacia Boti—. ¡A ver, tú, el chalado de la torre!

—¿Me hablas a mí? —preguntó Boti.

—¡No, a mi abuela! ¡Claro que te hablo a ti, cabeza de alcornoque! ¡Quiero que te bajes ahora mismo!

—No puedo —contestó solemne—. Tengo que hacer lo que tengo que hacer.

—Uf, está testarudo. Miguel Ángel, me parece que nos va a tocar subir la torre —declaré.

—¿Qué? ¡Tú estás igual de loco que él! —contestó, tan enfadado que escupía al hablar—. ¿Sabes cuántos escalones tiene esa torre? ¡Cuatrocientos catorce!

—¡No subáis, es inútil! —dijo Boti.

—Mira; por fin dice algo sensato —añadió Miguel Ángel.

—¡No, Boti; voy a subir y tú no vas a hacer nada de lo que puedas arrepentirte! —le advertí.

—Lo siento, amigo Leo, ha llegado la hora…

Y entonces grité:

—¡Nooo! —y me puse a subir las escaleras como un loco, primero de tres en tres, luego de dos en dos… y al final de una en una y agarrándome con las uñas a las paredes. El corazón se me salía por la boca; estaba asfixiado y rojo como un tomate. Cuatrocientos doce, cuatrocientos trece y… ¡cuatrocientos catorce!—. ¡Llegué! —dije cuando por fin pude abrir la puerta que daba a la azotea—: ¡Amigo, noooo!

—y me lancé encima de él, aplastándole—. ¡No voy a dejar que te tires!

—Si yo no quiero tirarme… —me contestó, aplastado y alucinado.

—¿Qué? —pregunté sin entender.

—¡Leo —me gritó con tono burlón Miguel Ángel desde el suelo—, asómate y verás una sorpresiiiitaaa!

¡Toma, toma, toma! Boti había lanzado algo, sí, ¡sus deportivas de la suerte! Y Miguel Ángel, desde abajo, me las enseñaba agitándolas con una mano mientras que con la otra se apoyaba chulito en una pared con cara de «¿Te dije que no merecía la pena o no te lo dije?».

—Es que es la mejor manera de destrozarlas —explicó Boti—. ¡Más de ciento catorce metros de caída libre! ¿A que han quedado hechas polvo? Pues ahora estoy más cerca de recuperar su poder. ¿Qué me dices, eh?

No le dije nada, porque si le llego a decir algo… Y me largué.

Habíamos cumplido nuestra misión. Ahora volvíamos a casa. Como era de noche, a lo mejor la abuela iba más despacio y hasta nos podíamos dormir por el camino.

Qué equivocado estaba.

Nos esperaba un viaje de regreso de lo más movidito y sorprendente.

10

Y DE REPENTE...

Sinfonía de ronquidos.

—*Jooooorrrrrr…* —roncaba Miguel Ángel como un cochinillo.

—*Grrrrrrrrrrr…* —roncaba Macaroni como un león.

—*Mimimimi…* —roncaba Belino como un… como un… Ni idea. Nunca he oído a nadie roncar como él. Pero no lo recomiendo. Sinceramente.

Y así tooodo el camino de vuelta a casa. Mi abuela no se dormía. Lógico, iba conduciendo. Yo tampoco, y no por falta de sueño. ¡Es que no dejaba de pensar en el robot que tenía que construir! Había que levantar las poleas, ensamblar los engranajes para que el robot diera la patada exacta al balón…

Pero, ¡*ouaaaaa!*, se me abría la boca de sueño. Como un león. Casi me como la luna llena que brillaba en lo alto del firmamento. ¡Qué chula era! Daba una luz… ¡Parecía que pudiéramos tocar las estrellas! Y por encima de ellas, la más brillante: la Estrella Polar. Una estrella mágica que siempre señala el norte y guía el camino de viajeros y marineros.

Y justo cuando estaba pensando en este tema tan interesante, ¡*cataplasss!*, va y se sale una rueda del carro.

La abuela, como piloto de carreras experimentado que es, logró controlar el vehículo para que no volcara, aunque todos nos dimos un golpe importante.

—¡Esta es la última veeez…! —volvió a gritar Belino mientras saltaba por los aires.

Y mi perro Macaroni frito, sin inmutarse.

—¿Estáis todos bien? —preguntó preocupada mi abuela.

Sí, estábamos bien, sin problemas. La cuestión ahora era volver a poner la rueda.

—¿Te ayudamos, abuela? —nos ofrecimos.

—Por supuesto, chicos. Y si lo hacéis vosotros todo, mejor. Así podré echarme un sueñecito tapada con esta manta. ¡Y no hagáis mucho ruido! —se atrevió encima a decir.

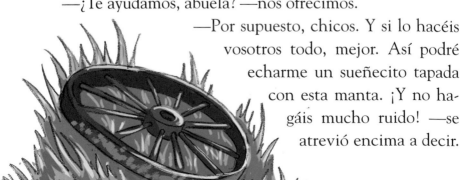

—Qué morro tiene tu abuela… —dijo Miguel Ángel en voz baja—. ¡Lo digo desde el cariño y la admiración! —aclaró.

Y bueno, un poco sí que era verdad…

Manos a la obra. Lo primero que necesitábamos para volver a encajar la rueda era… ¡la rueda! Hala, a buscarla por el bosque. Vete tú a saber dónde habría caído…

—¡Tú por la derecha y yo por la izquierda! —dijo Miguel Ángel, que a veces piensa que es el *míster* del equipo incluso cuando no está con el equipo.

Pero bueno, le hice caso. Me adentré en el bosque sigiloso, para no despertar a alguna posible alimaña que durmiera por allí y, de repente pisé, sin querer, algo blandengue.

—¡*Aaaggg!*

¡Ay madre, ya le he chafado la cola a algún zorro! ¡A correr!, pensé.

—¡Niños salvajes!

Uy, eso no era un zorro. Ni siquiera un conejo. ¡Era Belino que todavía andaba por los suelos del golpe!

—¡Perdón, Belino! —le dije, y salí zumbando de allí. Corrí tanto que llegó un momento que no sabía dónde estaba. *A ver*, pensé para orientarme, *¿dónde está la Estrella del Norte?* Y en ese momento sentí que, a mi espalda, alguien me estaba observando.

Me di la vuelta a la velocidad del rayo y vi una sombra que se escondía tras los árboles.

—¡Miguel Ángel, eres tú?

No hubo respuesta.

—¿Abuela? ¿Estás ahí? —nada—. ¡No me gastes bromas, que es muy tarde!

Pero tampoco era la abuela.

Slammm…. De nuevo la sombra dio un salto y se pasó a otro árbol para seguir ocultándose.

—¡Oye, no sé quién eres, pero quiero saber qué quieres de mí!

Y escuché un susurro fantasmagórico que decía:

—¡Tú sabes lo que quieeerooo!

—¡No lo sé! ¿Eres la Maga del Bosque otra vez?

—Me has desafiado. Ahora yo te castigaré con algo que tú quieres —y salió volando por donde yo había venido.

Con algo que tú quieres, con algo que tú quieres… ¡Dios mío, mi abuela!

—¡Vamos, Leo, vamos, corre todo lo deprisa que puedas! —me decía a mí mismo para llegar antes que la sombra al carromato. ¡Anda que llevaba yo un día de correr! Salté zarzas, raíces de árboles, un erizo dormido y hasta una comadreja. Y cuando llegué al carromato, pregunté:

—¡Abuela, abuela! ¿Estás bien?

—¿Mmm… qué pasa, *caro mio*, por qué me despiertas?

—*Nonna!* —y me abracé a ella como para estrujarla y hacer zumo de abuela—. Abuela, ¿has visto a alguien extraño rondando por aquí?

—No cariño, pero ¡estás muy pálido! Leonardo, ¿qué es lo que está pasando aquí? —me dijo muy seria.

Macaroni levantó la oreja para escuchar. Él empezaba a preocuparse también.

—Es una historia muy larga de contar, abuela.

—¡Nada por mi lado! —dijo Miguel Ángel al volver de la inspección—. ¿Y tú?

—Tampoco. Pues esto no tiene sentido. Si todos los míos están bien, ¿cómo me va a castigar la sombra con *algo que yo quiero*? —¡tracatacataca! Mis neuronas entraron en ebulli-

ción y entonces lo vi claro—: ¡Mis cachivaches para el robot! Miguel Ángel, ¿dónde los dejaste?

—En una caja, junto al pescante del carro.

Y entonces se cumplió mi presentimiento.

—¡No están! Se los ha llevado la Maga, la sombra o lo que sea ese bicho.

—¡Mira, Leo —gritó mi amigo, señalando detrás de un viñedo—, ahí se mueve algo!

De un salto, aterrizamos en el viñedo, pero la sombra era más rápida y se nos escapó.

—¡Tú por la derecha y yo por…! —empezó a decir Miguel Ángel.

—¡Tío, pasa de indicaciones! ¡Vamos a por ella!

La sombra saltaba como un gamo por encima de los árboles. ¿Sería la anciana Maga del Bosque? Pues estaba muy ágil para su edad. ¡Nos driblaba que no veas! *Tendríamos que ficharla para nuestro equipo, pensé, porque es muy buena regateando.*

Hasta que, de repente, escuchamos:

—¡*Auuu!*

¡Bien! ¡La sombra había tropezado con algo! Pero ¿con qué?

—¡Sinvergüenza, come te pille te…!

¡Había tropezado con Belino!

—Mira, pues no es tan inútil el lacayo de tu abuela.

Y me dio tiempo a coger la capa de la supuesta Maga, pero ella dio un tirón y me di con los piños en el suelo. ¡Qué daño! Esos pocos segundos le bastaron para salir huyendo.

—¿Se ha llevado la bolsa? —preguntó Miguel Ángel.

—Sí y no.

—No te entiendo, Leo; aclárate.

—Ha dejado la bolsa con las piezas del interior del robot, pero se ha llevado la otra bolsa con las partes que lo recubrían.

—¡Qué faena! ¿Y ahora qué vamos a hacer?

—No tengo ni idea. Pero algo se me ocurrirá, amigo. Algo se me ocurrirá…

11

UNA SOLUCIÓN
DE EMERGENCIA

¡Clan, clan, clan!, sonaba el martillo mientras encajaba las piezas del robot. Parecía un esqueleto. Pero no uno cualquiera; en vez de huesos tenía cuerdas y en lugar de músculos, engranajes. Y todo se ponía en marcha con una simple presión en el lugar adecuado: la espalda. Para que colara cuando le dijera al salir a jugar al campo de fútbol: «¡Hale, colega, tú puedes!». Je, je.

—¡Miguel Ángel, despierta, que ya tengo la base del robot!

—Mmm…. Un poquito más… —contestó el muy jeta, que se había pasado toda la noche durmiendo en mi camastro mientras yo estaba monta que te monta las piezas del robot.

—¡Tío, que te despiertes, que me tienes que ayudar!

—¿A qué? —me dijo, todavía entre sueños.

—A «esto» —y en ese instante, presioné la espalda de la máquina y, como por arte de magia, las piezas empezaron a moverse. ¡Y le pegó una patada en el trasero a Miguel Ángel!

—¡Pero, tío! —despertó como una bala del golpe—. ¿Y eso qué es?

—Amigo, te presento a Paquito, el mejor especialista en penaltis del mundo —le dije, sonriente.

—¿Esto? Pues Paquito está un poco flaco, ¿no? —dijo Miguel Ángel, flipado al ver cómo aquel manojo de alambres se movía tan pancho por allí.

—A ver, amigo, está flaco porque te recuerdo que nos han robado su traje —apunté.

—¡Es verdad! Oye —preguntó sin poder dejar de mirarlo—, ¿y cómo logras que se mueva?

—Bueno, con un poco de fuerza de inercia, otro poco de fuerza de gravedad y… ¡con mucha imaginación! Lo tengo todo escrito en estos planos, para que no se me olvide.

—¿Aquí? —dijo Miguel Ángel al tiempo que cogía mis pergaminos—. Leo, no te enfades, pero esto ¡no hay quién lo entienda! Es como si estuviera…

—¿Escrito al revés? ¡Exactamente! Para que nadie, excepto yo, lo pueda comprender —admití.

—Ah… —Miguel Ángel seguía perplejo.

—Algún día te enseñaré un truco para leerlo, ¿vale?

—Ok —me contestó, aunque yo creo que seguía sin entender ni papa—. Bueno, ¿y ahora qué? —me preguntó, yendo directo al grano.

—Pues habrá que buscarle un traje a Paquito —dijo una voz de niña a nuestra espalda.

Giramos el cuello como los búhos para ver quién estaba detrás. ¿Quién había osado colarse en mi taller, protegido por altas medidas de seguridad?

—Somos nosotras —dijo Lisa junto a Chiara, muy sonrientes.

—¡Pe-pe-pero cómo habéis conseguido entrar aquí? —pregunté, anonadado.

—Por la puerta.

—¿Y la clave para que se abriera la pared?

—¡Somos chicas, y las chicas piensan! —saltó Lisa.

—Pues es verdad…

—¡Y luego tú diciéndome a mí que si desvelo tu guarida me vas a meter hormigas no sé dónde…! —me susurró Miguel Ángel.

—¡Este sitio es muy chulo! —dijo asombrada Lisa.

—Y muy desordenado —añadió Chiara, caminando entre los cachivaches mientras esquivaba algunos pájaros.

—¿Y ese cuadro de allí? —preguntó Lisa con interés.

¡Porras!, pensé, *ya ha encontrado su retrato*. Así que mentí.

—No, nada… es el retrato de… de… ¡la vecina! —y me apresuré a esconderlo.

—Pero si tú no tienes vecina, solo el vejestorio del señor Girolamo —indicó Chiara.

—¡Es su nieta! —se arrancó a decir Miguel Ángel—. Su nieta de Milán que viene a verle de vez en cuando. Me debes una —me dijo al oído, guiñándome el ojo.

—Bueno, ¿qué hacemos con Paquito? —preguntó Chiara.

—Podemos ponerle un vestido de tu abuela —sugirió Lisa.

—Mmm… chungo; con el movimiento, podrían verse las varas de metal que hacen de piernas —contesté—. ¡Y, además, estaría horroroso!

—¿Y si le disfrazamos de guerrero ninja? —preguntó Rafa.

Un momento. *¡STOP!* ¿Desde cuándo estaba Rafa también en mi taller secreto? ¿Y por dónde había entrado?

—Por la puerta —contestó.

—¿Tú también has descubierto la clave secreta?

—No, yo las seguí a ellas. Ya se sabe que las chicas…

—Sí, ya lo sé, las chicas «piensan»… Y ahora yo voy a tener que pensar todavía más para buscar otro enigma que proteja la entrada de mi taller. ¡Narices!

—Esperad, se me está ocurriendo un pedazo de idea —apuntó de nuevo Rafa—. Leo, ¿y la armadura de tu bisabuelo?

—¿La armadura? —preguntamos todos a la vez.

—A ver, estamos en el Renacimiento, la gente va con armadura por la calle —respondió Rafa.

—¿Estáis seguros? —preguntó Lisa.

—Sí. ¡Me mola esa idea! —contesté—. Solo hay un problema: ¿cómo la sacamos del salón sin que se entere mi abuelo?

12

MISIÓN REIMPOSIBLE

La cuenta atrás había comenzado. Faltaban pocas horas para el partido y teníamos un plan: cambiar la armadura de mi bisabuelo por un dibujo exactamente igual hecho por Miguel Ángel. Nadie notaría la diferencia y así nosotros podríamos utilizarla para cubrir nuestro robot.

Problema uno: mi abuelo dormía al lado de la armadura y si oía cualquier ruido se iba a despertar.

Problema dos: si nos pillaba tocando la armadura heredada de su padre, ¡uy!, ya podíamos correr, porque era uno de sus más preciados tesoros.

Perspectivas de éxito: sabiendo lo poco silenciosos que éramos, pocas tirando a ninguna.

Era una misión imposible, pero ¡esas son mi especialidad!

Mi abuelo Antonio no dormía en brazos de Morfeo, si no en su sillón de notario. ¡Pedazo de sillón! Era el más elegante de la galaxia. Bordado en seda roja, con borlas y flecos. Él no estaba nada elegante, porque abría la boca para roncar y se le caía la babilla. ¡Qué majo mi abuelo Antonio! Pero por muy majo que fuera, había que quitarle la armadura sin acercarse a él.

—¿Y si lo hacemos *por encima* de él? —sugirió Rafa, que es pequeño pero tiene unas ideas geniales.

Eso hicimos. Salimos de la casa y nos subimos al tejado. Justo en la mitad del techo había un tragaluz enorme de cristal que mi abuela decía que daba mucha alegría al salón, y ahora la alegría nos la daba a nosotros, puesto que exactamente por ahí íbamos a realizar nuestra operación.

—¿Os habéis enterado de las fases de mi plan? —les pregunté.

—Que síííí, pesado —me dijo Miguel Ángel—. Tú te atas una cuerda a la cintura…

—Y bajas por la trampilla del cristal del tragaluz hasta ponerte encima de la vitrina que contiene la armadura —indicó Lisa.

—Mientras, nosotros te sujetamos desde aquí para que no te rompas los piños —puntualizó Rafa.

—Entonces abres la vitrina y atas una segunda cuerda a la armadura —pajareó Spaghetto.

—Tiramos para subirla y cuando la tengamos… —dijo Chiara con misterio.

—¡La sustituimos por mi supercopia del original! —gritó pletórico Miguel Ángel.

Y así contado parecía hasta fácil.

¡Adelante! Me ceñí la cuerda a la altura de la barriga, hice una señal con el pulgar a mis amigos y, de repente, me sentí como un agente especial o un espía, mientras sonaba una música en mi cabeza que decía algo así como *«chan-chan, chan-chan, chan-chan, piruliii, piruliii»* y me animaba a cumplir una misión reimposible.

¡Fssssssh! La cuerda se deslizaba poco a poco y yo con ella. Eran unos techos muy altos, como de cuatro metros, y los bajaba muy bien; tres y medio, tres, dos y medio… y, de repente, ¡la cuerda se paró!

—¿Qué pasa ahora? —les pregunté sin levantar la voz demasiado. No obtuve respuesta. ¿Estaba colgado a dos metros de la cabeza de mi abuelo y nadie me decía ni mu? No podía ser peor. ¡Já! Eso me creía yo; sí que podía; de golpe empezaron a mover la cuerda y yo empecé a volar de un lado para otro de la habitación como si fuera un murciélago—. ¿Os habéis vueltos locos o qué? —exclamé, indignado—. ¡Parad esto, que me la voy a pegaaaaar!

—¡Cárgate a esa abeja revoloteadora! —oí de repente.

Glups, tragué saliva asustado; *¿la abeja era yo?*

—¡Se ha puesto en la nariz de Miguel Ángel! —gritó Lisa.

Vale, no era yo. Era una abeja de verdad y entonces comprendí lo que pasaba… y me puse a sudar. Porque teniendo en cuenta que Miguel Ángel era el más fuerte del grupo, no era nada aconsejable que soltara la cuerda que me sostenía para espantar a ningún insecto.

—¡Tengo que ahuyentarla, me va a picar!

—¡Sóplale! —le dijo Rafa.

—¡Sí hombre, y luego le doy una limonada! ¡No quiero refrescarla, quiero alejarla! —rezongó Miguel Ángel.

—¡Así la alejarás, melón!

Y Miguel Ángel le sopló… y la llenó de salivajos que la enfadaron aún más. Así que la abeja, un poco barrigona, por cierto, sacó el aguijón amenazante. Miguel Ángel, que la vio, soltó la cuerda para defenderse y…

—¡Aaah! —grité lo más bajo que pude mientras me precipitaba a toda velocidad sobre la cocorota de mi abuelo, hasta que de repente, *¡zas!*, mi caída se frenó en seco justo a medio metro de su cabeza.

—¡He mandado a la abeja a la China, por lo menos! —dijo Miguel Ángel—. ¡Problema solucionado!

—¡Y un jamón, porque me has dejado a punto de chafarme contra mi abuelo! —le respondí.

—¡Ahí va, es verdad! —añadió, asomando la cabezota por el tragaluz—. ¡Pero estás a la altura perfecta para atrapar la armadura! Lisa, ¡la cuerda!

—¡Allá va! —dijo Lisa mientras me la tiraba.

Y yo pasé la cuerda por la cintura de la armadura. ¡Qué momento! Tenía la frente cada vez más empapada de gotas de sudor. No podía parar ni para secármelas, así que les dije:

—¡Podéis subir la armadura! —y la subieron con muuucha dificultad, porque aquello pesaba como una vaca—. ¡Guay y, ahora, tiradme el dibujo!

Y ahí se fastidió. Porque me lo tiraron, sí, pero ¡a la cabeza! ¡Desde cuatro metros de altura! Enrollado en un tubo. ¿Os imagináis el chichón? Como una sandía. Pero el dibujo no paró en mi cabeza, sino que resbaló hasta mis pies…

Como un acróbata de circo, conseguí levantar las piernas y acercarme el tubo con el dibujo a las manos para poder colocarlo dentro de la vitrina. Y justo cuando lo iba a conseguir, la vi; brillante, palpitante y resbalándome por la nariz: ¡una gota de sudor! Oh, no, había que pararla o caería sobre la cabeza de mi abuelo sin remedio, delatándonos.

Y, de repente, sonó la puerta. *Toc-toc, toc-toc.* ¿Ahora? ¿Precisamente ahora tenía que venir alguien?

—Hooola, queridísimos amigos —escuché al fondo del pasillo.

¡Era Maqui! ¡Lo que faltaba!

Diez segundos. Yo, Leonardo da Vinci, necesitaba diez segundos. Ni uno más ni uno menos. Era el tiempo que Maqui tardaría en recorrer el pasillo que iba desde la en-

trada de mi casa hasta el salón y descubrirme. Luego tenía que resolverlo todo en nueve. ¿Era posible? No, pero... ¿qué os he dicho yo de las misiones imposibles? Exacto, que me molan.

Así que me puse al lío y...

Nueve segundos.

—¡Spaghetto, el sudor de mi nariz! —y al instante apareció mi amigo y me limpió con su ala. ¡A la porra la gota!

Siete segundos. Cerré la vitrina de la armadura del abuelo.

Cuatro segundos.

—¡Chicos, subid las cuerdas! —y las subieron, borrando toda huella de nuestro paso por allí.

Dos segundos. Ya estaba en el suelo. Tan pancho, como si nada. Incluso me sobró tiempo para beber un trago de agua del botijo de mi abuelo hasta que...

—¡Noticias de Boti! ¡Noticias de Boti! —dijo Maqui mientras entraba ajeno a todo en el salón.

—¡*Shhhh!* —le regañé—. ¡Que vas a despertar a mi abuelo!

—Oooh, disculpa —dijo, bajando la voz—. Es que no podía esperar a contártelo.

—Tú nunca puedes esperar a contar nada —dijo una voz a su espalda—, sobre todo cuando son malas noticias.

Era Lisa, que acababa de entrar a mi salón junto con Chiara, Miguel Ángel, Rafa y… ¡la armadura!, como si fuera uno más de nosotros.

Y, entonces, Maqui se fijó justo en ella. ¿Cómo no?

—Oye, no quiero parecer curioso —añadió, el muy sabandija—, pero ¿quién es ese chico de la armadura?

—¡Es un colega! —afirmó Rafa.

—Se llama Paquito —añadió Miguel Ángel con todo el disimulo que pudo.

—Le hemos fichado para nuestro equipo, la Fiorentona —contesté.

—¿Quééé? ¡Pero si vosotros tenéis el equipo completo! —protestó.

—Es solo por si nos hace falta; tú sabes bien cómo está Boti.

—¡Oh, no, no, no! Está genial. Precisamente, estimado Leonardo, he venido a tu casa a informaros de los grandes progresos que ha conseguido con sus deportivas.

—¿Ah, sí? —preguntamos todos, incrédulos.

—Por supuesto. Y, ahora, si tenéis la bondad de acompañarme, con sumo gusto os lo enseñaré.

Nos encogimos de hombros. Todo aquello era muy raro, pero teníamos que seguirle. Así que dejamos a Paquito sentado y nos fuimos detrás de Maqui.

—Cuidado, Leo —me susurró Spaghetto—. Este interés de Maqui me parece extraño.

Y, justo cuando nos fuimos del salón, mi abuelo se despertó.

13

GUARREANDING ZAPATILLING

Había burbujas negras como la noche. Aquella ciénaga estaba llena de agua, restos de comida y otras cosas que, uf, prefiero no nombrar. Era el paraíso de ogros, trols... y mi amigo Boti.

Sí. Yo tampoco daba crédito. Pero allí estaba él, sujetando sus deportivas de la suerte por los cordones y rebozándolas... ¡en una charca de cerdos! Y él, orgulloso de su hazaña, se empeñaba en mostrarlas.

—Guarrísimas, ¿eh? ¿A que no habéis visto nunca nada más cochino que esto?

—No, sinceramente —admití

—Pobre Boti —dijo Rafa, apoyando triste su cabeza contra un árbol—, le hemos perdido para siempre.

Los cerdos, inquilinos habituales de aquel lugar, estaban asustados y se habían ido a una esquina, temblorosos. Bueno, asustados y atufados, porque Boti, a fin de aumentar el aroma a pie de las deportivas, se había encargado de meter un queso roquefort en cada una. ¡Y eso no lo soportaban ni los gorrinos!

Plas, plas, plas, aplaudió Maqui.

—Genial, Boti, creo que te has ganado recuperar la magia de tus deportivas —le animó.

—¡Y tú te has ganado un sopapo! —saltó Miguel Ángel, indignado—. ¿No ves que está haciendo el tonto?

—A golpes no se consigue nada —le recordé.

—¡No hago el tonto! Hago lo que me aconsejó la Maga; recuperar el poder perdido —se defendió Boti.

—Tú sí que te estás poniendo perdido, Boti —le dijo Lisa con lástima mientras miraba cómo le caían los churretes de agua turbia por las manos.

—No me importa. Ya están sucias, rotas y malolientes. Estoy preparado para jugar el partido —declaró Boti con aire satisfecho.

—¿Lo veis? —le señaló triunfal Maqui—. ¡Es genial!

Entonces, mi pequeño Spaghetto vino revoloteando hasta ponerse en mi hombro. Tenía un mensaje.

—¡Leo, Leo, le he visto, ya está aquí! —me pajareó al oído.

—¿Quién?

—¿Quién va a ser? ¡Sticker Patillas! —explicó—. Está en la vieja casa de piedra de su tío Alberto Fontanella. Y ojo, nada más bajarse del caballo que le traía de Milán, ha dicho que viene dispuesto a conseguir la victoria.

—Chicos, Patillas ya está en Vinci —les traduje, porque ellos no entendían el idioma de los pájaros.

—¿Quééé? —saltaron a la vez Lisa y Chiara con una sonrisilla tonta.

—Y con todo este lío no nos ha dado tiempo a entrenar —me di cuenta de repente.

—Oooh, qué contrariedad —me dijo Maqui—. Bueno, pero ¿quién necesita entrenar teniendo las «deportivas de la suerte»?

—*Pssst...*, Leo —me susurró Spaghetto—. ¿De verdad que Boti va a jugar con «eso» en los pies?

No supe qué decirle. El partido estaba a punto de empezar. Teníamos una cita con el destino... y yo empecé a tener gases.

14

COMIENZA EL PARTIDO

Una brisa ligera, que se movía como un perrillo al que le han soltado el lazo, recorría el césped del campo de fútbol del colegio.

De sopetón, abrió la puerta del vestuario y allí estaba él, rodeado de una nube de periodistas que tomaban nota en pergaminos mientras unos pintores le sacaban retratos instantáneos para la *Gazzeta di Vinci*.

Y luego estaban los fans; sobre todo chicas, todas gritando su nombre: «¡Sticker! ¡Sticker!», pidiéndole que les firmara la túnica. ¡Y ya te digo que lo hizo! A una de ellas le dio un telele de la emoción y se cayó al suelo, dejando justo el hueco necesario para que pudiéramos ver a Patillas.

Era el enemigo. Tenía unos pelos largos y rubios que se movían con la brisa. Alto. Gigante. Y llevaba unas deportivas de colores flipantes. Volvió la cabeza hacia nosotros… ¡y le guiñó un ojo a Lisa y Chiara! *Pero ¿qué se habrá creído el tío este?*, pensé.

—Pues no es para tanto… —dijo Miguel Ángel mientras observaba como Patillas se quitaba la túnica para ponerse una camiseta de rayas azules y negras—. A mí me parece muy normal. Tirando a birrioso.

—Pues ponte gafas. ¿Has visto los músculos de sus brazos? ¿Y los gemelos de sus piernas? —contestó Rafa—. Este tío es una mole. No va a dejar que entre en su portería ni un mosquito.

—¡Bah! Tú dices eso porque todavía tienes seis años, pero nosotros que tenemos ocho años ya…

—… lo vemos exactamente igual que Rafa. ¡Que es más pequeño, pero no más tonto! —le dije—. Y, si no, pregúntale a las chicas.

—Es monísimo —dijo Lisa.

—¡Y qué tableta de chocolate! —añadió Chiara.

—¿Dónde tiene el chocolate, que yo no lo he visto? —preguntó Miguel Ángel.

—¡*Shhhh!* ¡Callaos, que viene! —les advertí.

Y Patillas se acercó lentamente, poniendo una sonrisa de oreja a oreja, como si fuera una raja de melón, mostrando unos dientes tan blancos que parecían las teclas de un clavicordio.

—¿Quién es el capitán de este equipo? —preguntó, mirando a las chicas.

—¡Eh, tú! —gruñó Miguel Ángel—. ¡Que soy yo!

—Encantado de conocerte —dijo, y le estrechó la mano tan fuerte que, incluso con lo bruto que es mi amigo, puso cara de pupa—. Soy Patillas, Sticker Patillas, el nuevo portero del Inter de Melón.

—Sí, algo habíamos oído, ¿y qué? —repuso Rafa, desafiante.

—¡Qué brutos sois! —dijo Chiara—. Lo que Patillas está haciendo es presentarse educadamente. ¡Y vosotros tendríais que hacer lo mismo! —y se abrió paso empujando a Rafa y Miguel Ángel hasta llegar al nuevo portero. Después, le tendió la mano para que él la besara diciendo—: Chiara Corsini, defensa del Fiorentona. Un placer.

—Lisa Gherardini, portera del Fiorentona. ¿Qué tal?

—Mucho mejor ahora que os conozco —dijo Patillas con una sonrisita boba mientras besaba la mano de Lisa.

—Leonardo da Vinci —dije, tendiéndole la mano, a ver si dejaba de llenar de babas la de mi amiga Lisa.

—¡Ah, el inventor! —dijo Patillas.

Y flipé:

—¿Has oído hablar de mí?

—Claro, el creador de la boca pelapipas o la *vincicleta*. ¿Cómo no?

Mmm… igual no me iba a caer tan mal el Patillas este…

—Pero falta un jugador, ¿no? ¿Dónde está vuestro especialista en penaltis? —preguntó.

—¡Estoy aquí! ¡Estoy aquí! —dijo Boti mientras venía del vestuario caminando muuuy despacio.

—Vaya —dijo Patillas, observando los lamparones marrones de su ropa y lo desaliñado de su aspecto—. Cualquiera diría que sales de…

—¿Una pocilga? Sí, exactamente. Soy Botticelli Mariano Filipepi, Boti para los amigos.

Y ocurrió algo sospechoso. Boti no le tendió la mano, sino que se quedó a dos metros de él, manteniendo la distancia, ¿por qué?

—Puedes acercarte a mí —dijo Patillas—, no te voy a comer, je, je.

—No es necesario. Aquí estoy bien.

Entonces, una voz sonó a nuestra espalda.

—¡Vamos, chicos; el partido va a comenzar! —gritó el profesor Pepperoni, que hacía de árbitro.

¡Uf! Pepperoni, nuestro maestro. Era como un pepinillo con peluca. Lo mejor eran sus bigotes, que se movían según su estado de ánimo. ¿Que estaba triste? Hacia abajo. ¿Que estaba furioso? De punta. ¿Que estaba pensando? Le rascaban la cabeza. ¿Que quería que saliéramos al campo de juego, como ahora? Dibujaban una flecha.

—Pues nada chicos, que gane el mejor… —y, diciendo aquello, Patillas se largó, volviéndose hacia la nube de periodistas y fans que querían inmortalizarle.

—Boti, ¿te pasa algo? —le pregunté.

—Nooo, para nada, qué vaaa —dijo él.

—Te conozco *bacalao*, aunque vengas *disfrazao* —me pajareó al oído Spaghetto—. Algo le pasa. Dile que te lo ha dicho un pajarito, ja, ja.

—Boti —insistí—, nos jugamos mucho. ¿De verdad que va todo bien?

—Va mejor que bien —dijo Maqui sin que nadie le hubiera preguntado, envuelto

en una nube de peste que la brisa de esa tarde se encargó de llevar hasta mis narices.

—Genial… —asintió Boti con una convicción del tamaño de un chanquete.

O sea, cero.

—Tiene las deportivas mágicas a tope. Por eso Boti —añadió Maqui— no tiene nada que temer.

Pero un extraño brillo en los ojos de Maqui me decía exactamente lo contrario.

—¡*Piiiiii!* —don Pepperoni tocó tan fuerte el silbato que los bigotes estuvieron a punto de despegársele de los mofletes.

Comenzaba la final de la Liga Interprovincial de Alevines. En el lado izquierdo estaba nuestro equipo, la Fiorentona, liderado por Miguel Ángel y formado por mi grupo junto con otros chavales de la clase. En el de la derecha el Inter de Melón, con Patillas de capitán.

Miguel Ángel comenzó el juego disparando el balón como un cohete desde el centro del campo hasta la portería de Patillas.

—¡Mío! —gritó Patillas, deteniéndolo con la cabeza.

Ya está Patillas haciéndose el chulito, pensé yo.

De nuevo la pelota estaba en juego. Rafa rescató el esférico y me lo pasó a mí.

—Tururú —le dije a un defensa melonero que quería quitarme el balón. Pero fue el tío y… ¡lo tocó con la mano!

—¡*Piii!* —pitó don Pepperoni—. Mano en centro del área. Penalti.

—Guay. Boti, es tu oportunidad.

Y ocurrió. Una patada. ¡Boti solo tenía que dar una patada para chutar! Y no pudo; era como un pato, como si las piernas no le sostuvieran.

—Es que… es que… —tartamudeó.

—Suéltalo, Boti, ¿qué te pasa?

—Pues… —dijo muy pálido—. ¡Que no me puedo mover!

—¿Cómo que no te puedes moveer? —le preguntamos a gritos.

—Pues, porque… ¡no hay quien camine con las deportivas de la suerte! Están sucias, rotas y… creo que hasta me han dado una alergia, ¡porque me pican muchísimo los pies!

Nuestros ojos se fueron como una bala a las deportivas mágicas que, al parecer, ya no lo eran. ¿Dónde estaban su potencia, su velocidad y su elegancia sandunguera?

Se quedaron en la torre del Campanile y en la pocilga. Uf, ahora no había quien caminara con eso en los pinreles. ¡Claro que le habían dado alergia! No me extrañaba nada. Si le hubieran salido tiburones en los pies, tampoco me habría extrañado.

—¡Lo sabía, es que lo sabía! —dijo enfurecido Miguel Ángel—. Y todo por hacer caso a la Maga del Bosque… Leo, ¡Maqui es el culpable de todo!

—Tranqui, amigo, no tenemos pruebas. Además, no todo está perdido. Es el momento de sacar a jugar a Paquito, nuestro especialista en penaltis.

Y Paquito se puso en pie y un rayo de sol se reflejó en su brillante armadura, dejándoles a todos cegatos.

¡Ese es mi Paquito!, pensé.

15

EL COMBATE FINAL

—Árbitro, sustituimos a Boti por nuestro compañero Paquito
—pidió permiso Miguel Ángel a don Pepperoni.

—Vale, está bien…

Ahora nos tocaba a nosotros, mejor dicho, a Paquito, nuestro robot. Había que situarlo en el terreno de juego, justo frente a la portería, así que nos apretamos todos mucho a él y a mi voz de: «¡Formación en tortuga!», le trasladamos disimuladamente hasta el centro del campo. Dos segundos antes de decirle «Adelante, Paquito» y golpearle la espalda para que soltara una superpatada, vi con el rabillo del ojo que Maqui cuchicheaba con Patillas. *Malo, malo*, pensé. No me equivocaba.

—¡Alto! —dijo el melonés—. ¿Por qué vais todos con él?

—Para… ¡para que no se sienta solo! —improvisé.

—Es que es nuevo aquí, como tú, Patillas —añadió Rafa, echándole toda la convicción que pudo—. Pero el penalti lo va a tirar él, ¿eh?

—Mmm, esto es muy extraño —dijo el capitán—. ¿Y por qué va con armadura?

—Porque Paquito viene de un combate… ¡Y está resfriado! —contestó Chiara—. ¡Atchús! —añadió, fingiendo que estornudaba la armadura para después sonarle los mocos con un enorme pañuelo.

—Pero, por muy resfriado que esté —preguntó, sibilino—, ¿por qué no se quita el casco?

—¡Porque es muy tímido! —soltó Miguel Ángel—. Venga chaval, que tú puedes —le dijo, golpeando el hombro de la armadura en plan colega—. Es que hay que animarle —le explicó a Patillas moviendo mucho las manos para convencerle.

No coló, y un mar de agobio se abrió bajo nuestros pies cuando Patillas gritó:

—¡Árbitro, yo así no juego!

Hale, pensé, *todo a la porra.*

—¿Por qué no quieres jugar? —preguntó don Pepperoni, que nunca se entera de nada, y casi mejor que sea así.

—Porque Paquito no es una persona —y se fue directo a él—: ¡Paquito es un robot!

—¡No es verdad! —solté.

Pero Patillas metió una patada de kung-fu a la armadura que la hizo saltar por los aires, dejando ver el mecanismo que había dentro.

—¡Oooh! —gritó todo el mundo.

Entonces me fui directo a él como un rinoceronte enfadado, echando humo por la nariz. Poniéndome de puntillas, porque el tipo era bastante más alto que yo, le dije a un palmo de su careto:

—¡Te lo han chivado! ¡Dime quién te lo ha chivado ahora mismo!

—¡Nadie!

Al instante, como si la brisa que llevaba toda la tarde refrescando el campo quisiera responderme, trajo a mi nariz de nuevo el aroma nauseabundo de Maqui. ¡Era como si le hubiesen vomitado encima! Mi cerebro entró en ebullición. *Racatacatacata…* ¡Ya lo tengo!

—¡Maqui, traidor, hueles fatal porque tú eres la Maga del Bosque a la que yo vomité!

—¿Yooo? ¡Qué vaaa! —dijo Maquiavelo, dando un paso atrás.

—¡Macaroni, ven! —le dije a mi perro—. ¿Huele o no huele a los *spaghetti cani pelosi* que cené la noche anterior al viaje?

Y Macaroni se acercó leeentamente, porque no sé si os he comentado que es el perro menos estresado del mundo. Le olisqueó, se puso morado por el olor, asintió con la cabeza y se desmayó.

—¡Ahí lo tienes, Maquiavelo! Tú conseguiste convencer a Boti de que debía destrozar las deportivas para recuperar su magia, cuando sabías perfectamente que así le anulabas por completo. Y te disfrazaste de Maga del Bosque para hacer tu plan más creíble.

—¡Claro, Leo, por eso la voz de la Maga te resultaba familiar! —recordó Miguel Ángel—. ¡Y por eso la Maga conocía nuestros secretos, porque la maga es Maqui!

Y justo cuando Maquiavelo se disponía a contestar para defenderse, no se de dónde salieron, pero comenzaron a sonar unos violines lacrimógenos que acompañaron sus palabras.

—¿De verdad creéis que yo he hecho eso tan horrible? —exclamó, abriendo mucho los ojos y llevándose la mano derecha al corazón como si fuera un actor de teatro—. ¡Yo, que me he preocupado por vosotros! ¡Yo, que lo único que he querido es ayudar y daros mi cariño sincero! ¡Yo, que…!

—¡Que tienes un morro que te lo pisas! —le interrumpió Rafa, que ya no aguantaba más.

—Y para asegurar que se cumplían tus planes —añadí—, nos seguiste hasta Florencia, y lo peor: ¡nos robaste!

—¿Que yo quééé? —exclamó.

—¡Sí que lo hiciste! —saltó Miguel Ángel—. ¡Tú nos mangaste las piezas del robot cuando volvíamos de Florencia!

—¡Yo no os mangué nada!

—Ahí tiene razón… —dijo Lisa.

Como los suricatos, que se giran tiesos y todos a la vez, nos volvimos hacia nuestra amiga.

—¿Y cómo puedes saberlo? —le pregunté.

—Porque las piezas las cogí yo.

Y nos quedamos congelados. Como un polo. Igual.

—Vaya, así decía yo que la Maga corría super bien —solté.

—¡Rayos y truenos, Lisa! —gritó Miguel Ángel—. Pero tú eres nuestra amiga. ¿Por qué hiciste eso? ¿Te has aliado con Maqui?

—Jamás me aliaría con él —contestó ella, levantando la cabeza muy digna—. Lo hice porque estaba harta de que le dierais tanta importancia a unas deportivas mágicas o a un robot, que en el equipo tenéis a muchos jugadores que entrenan a diario y juegan muy bien: Luigi Cornerini, Tania Penaltesco, Lorenzo Patilargui… y nosotras mismas, Chiara y yo, que no nos hacéis ni caso, sobre todo tú, Miguel Ángel. Que ganar es importante, sí, pero lo más importante es que juegue todo el equipo.

Y se hizo el silencio. Mmm… la chica tenía razón. Habíamos hecho cosas muy difíciles ignorando lo más fácil. Lo importante no era ganar, sino jugar. Vaya metedura de pata. ¡Hasta la oreja, por lo menos!

—Bueno, bueno —dijo entonces Boti, que es de efecto retardado—, pero para que yo me aclare; ¿Maqui me engañó o no me engañó con lo de las deportivas mágicas?

—¡Pues claro que sí, Boti, claro que sí! —le dije.

—¡Sabandija inmunda! —soltó mientras se dirigía a él cojeando con sus pies atomatados, como una apisonadora.

—¿Y todo por qué? ¿Por siete florines y tres cromos? —pregunté a Maqui.

—¿Por quién me tomas? —contestó despectivo—. ¡Yo nunca traicionaría por una porquería así! —y añadió, entusiasmado—: ¡Ha sido por una camiseta del propio Sticker Patillas firmada y dedicada! —y entonces se dio cuenta—: ¡Ups! ¿Lo he dicho en alto?

—¡Síííí! —le contestamos todos a la vez.

Y Botticelli agarró las deportivas, puso los brazos en jarras y le dijo a Maqui como si fuera un superhéroe…

—Soy Botticelli Filipepi. Tú te has cargado mis deportivas. Tienes tres segundos para huir. Uno, dos…

Y jamás de los jamases he visto a nadie correr tanto como a Maqui ese día.

—¿Y ahora qué? —preguntó Patillas—. ¿Seguimos el partido «sin máquinas tramposas» —dijo con retintín— u os dais por vencidos?

Y lo tuve clarísimo.

—Yo creo que hay que seguir jugando.

—Vale. Yo me voy —dijo Lisa—. Supongo que no querréis que continúe en el equipo…

Pero alargué el brazo y la detuve.

—Un momentito; tú no vas a ninguna parte.

—Pero ¿qué dices? —bramó Miguel Ángel—. ¡Que nos mangó las piezas del robot!

—Es verdad, pero porque nosotros no lo estábamos haciendo bien. Yo digo que se quede y que sea ella quien lance los penaltis.

—Estoy de acuerdo —dijo Chiara, sonriente.

—Pues yo también —añadió Rafa.

—Bueeeno, vaaaale. Que sea ella quien lo lance —dijo finalmente Miguel Ángel—. ¡Pero no porque lo digáis vosotros, sino porque lo digo yo! Lisa, adelante.

Y Lisa se fue al centro del campo para lanzar el penalti.

Patillas, que estaba justo en frente, le guiñó el ojo intentando despistarla, pero ella no le hizo ni caso, lo que le desconcertó bastante.

Don Pepperoni pitó de nuevo el silbato. Lisa se arremangó la falda. Resopló por la nariz como un toro. Frunció el ceño. Cogió carrerilla y la pelota salió disparada como un rayo.

—¡Glups! —dijo Patillas al verlo.

El balón se dirigía a él imparable y, justo en ese momento, Boti lanzó su deportiva a Maqui para atraparle, con tal suerte que pasó por delante de la nariz del portero. Nunca sabremos si fue por el buen juego de Lisa o por la peste de las deportivas, el caso es que segundos después…

¡Goooool! El balón estaba dentro de la portería de Patillas.

De remate, la deportiva rebotó en el palo de la portería y cayó sobre la cabeza de Maqui dejándole KO.

—Je, je —dijo Boti—, igual al final sí que van a ser algo mágicas. ¿O no?

Y todos nos reímos de la ocurrencia de Boti.

El gol de Lisa solo fue el primero de un montón que nos dieron la victoria. Al terminar, todos la cogimos en volandas. ¡Nos había hecho ganar el partido! Pero, sobre todo, nos había hecho jugar, que era lo más importante.

15

WE ARE THE CHAMPIONS...

Un enorme sol naranja estaba a punto de ponerse en el valle. Aún le quedarían unos minutos, porque todavía era verano, y respiré hondo para llenarme del olor y de los alucinantes tonos verdes, rojos y morados de las tierras de Vinci. *Algún día los pondré de fondo en mis dibujos para que no se me olviden*, pensé. Pero me empezaron a sonar las tripas y Spaghetto me dijo:

—Leo, ponte ñoño otro rato, que ahora te esperan para comer.

¡Había llegado el momento del fiestón de después del partido! ¡Éramos los campeones de Liga! Pero, esta vez, nos reunimos tantos que no cabíamos en la cocina de mi abuela, por eso nos fuimos a la azotea.

Uf. Impresionante. Utilizamos las cuerdas de tender la ropa para llenarlo todo de farolillos y guirnaldas... aunque se nos olvidó algún que otro calcetín y calzoncillo de mi abuelo, ¡y quedaron guays, porque parecían banderines!

Como la abuela tenía el horno en el piso de abajo, yo pude poner a prueba el *pizzaeleveitor,* o sea, uno de mis inventos para subir la pizza por la ventana. Alguna aceituna se caía, no nos vamos a engañar, pero en general, la comida llegó bien.

Fue una tarde inolvidable y Lisa, la gran protagonista. Se lo merecía. Todo el mundo la felicitó por sus penaltis, incluso le hicieron una entrevista para la *Gazzeta de Vinci.*

Chiara, su supermegamiga, no se separó ni un momento de ella, porque decía que era su *manager.* Miguel Ángel protestó porque insistía en que allí el único *manager* era él, pero, sobre todo, estaba muy enfadado porque no le gustaba tener que llevar a Boti encima, a hombros. ¡No quedó más remedio después de cómo le quedaron los pies! Por cierto, que desde aquel día, si alguien le pregunta por sus deportivas mágicas, él contesta:

—¿Deportivas? ¿Qué deportivas?

Mejor así.

Nuestro rival, Patillas, al final resultó ser un tío simpático. Pese a haber perdido la Liga, vino a felicitar a mi equipo y me dijo:

—Un poco tramposo pero, ¡buen invento el del robot, eh! Algún día me tendrás que enseñar cómo funciona. Ya te he dicho que me flipan tus inventos.

Yo me eché a reír y le dije:

—¿Te apuntas a la fiesta?

Y se apuntó. Y tooodas las chicas estuvieron pendientes de él, de su melena y de su dichosa tableta de chocolate.

—¿A Maqui le invitamos también? —preguntó alguien.

—¡Nooo! —contestaron mis amigos.

Pero mi abuela nos dijo que había que saber perdonar y tal y cual… y ahí le tuvimos, con el chichón que le hizo la deportiva de Boti, poniéndose morado de pizza. Hay que fastidiarse…

De sopetón, se apagaron las luces. Todos contuvimos el aliento. La azotea se llenó de expectación y sonaron los acordes de un laúd a lo bestia. De un salto gatuno, Rafa se subió a unos cajones y empezó a tocar el temazo que llevaba varios días componiendo. Nuestra victoria le había inspirado y por fin lo tenía; así que muy solemne, con chaqueta de cuero y pelo engominado, como una estrella de rock, empezó a cantar:

We are the champions, my friend.
Somos la caña, ya lo ves.

Y Lisa, Miguel Ángel y yo agarramos un tambor y dos cítaras y nos pusimos a cantar con él a pleno pulmón también en plan rockero:

We are the champions.
¡Weee are the champions!
Siempre jugamos
y unidos buscamos
¡pasarlo bieeen!

A la luna se le escapó una sonrisa e incluso llegó a apartar una nube que le tapaba el espectáculo. Esa misma luna sería testigo de muchas más fiestas como esa y de mil aventuras en las que nos enfrentamos a dragones, viajamos en el tiempo, inventamos máquinas fabulosas, descubrimos tesoros y, sobre todo, fuimos muy felices.

Pero esas son otras historias, que ya os contaré.

Ahora te toca a ti

1. Sopa de inventos

¡Leo es un gran inventor! Mirad todo lo que ha construido en el sótano de sus abuelos. Encuentra sus nombres en esta sopa de letras.

2. La misión secreta

A Leo y Miguel Ángel les encanta acompañar a la abuela a Florencia. ¡Es una ciudad preciosa! Aunque todavía no la conocen muy bien... Hoy han decidido aprovechar su viaje para comprar unas cosillas:

- Una moneda antigua en el Ponte Vecchio.
- Un globo en la Piazza de la República.
- Una botella en la Piazza della Signoría.
- Unas tijeras en la Catedral de Santa Maria dei Fiori.

¿Puedes ayudarles marcando el recorrido en este plano?

¿Sabes para qué necesitaban todas estas cosas Leo y
Miguel Ángel? Pues claro, ¡para un nuevo invento! ¿Cuál?

3. ¿Quién es quién en el campo?

¡Estamos en la final de la liga! El Fiorentona y el Inter de Melón están a punto de salir al campo. Ayúdanos a completar las alineaciones:

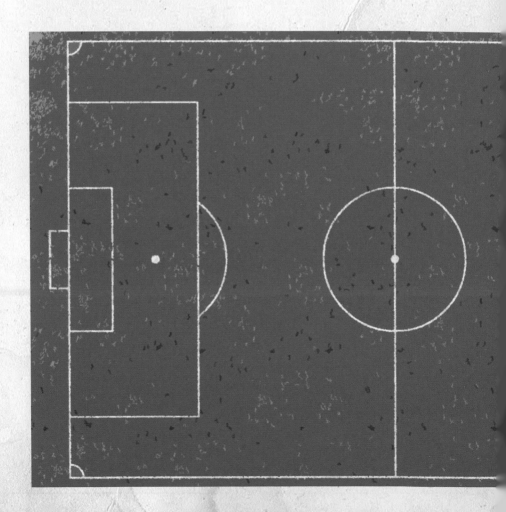

La portería la defiende _ _ _ _ _

El Míster es _ _ _ _ _ _ _ _ _ _ _ _

En la defensa están _ _ _ _ _ _ _ _ _ _ _ _ _

y _ _ _ _ _ _ _ _

El árbitro es _

El jugador que lleva una armadura es _ _ _ _ _ _ _ _ _

El capitán del Inter de Melón es _ _ _ _ _ _ _ _ _ _ _ _ _ _ _

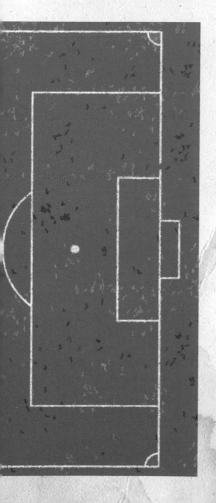

4. Mensajes secretos

A veces Leo escribe de forma muy rarita... ¡Pero ni te imaginas lo bien que le va para enviar mensajes secretos! ¿Eres capaz de descifrar estos dos?

Cuando inventéis máquinas voladoras, tened mucho cuidado al probarlas y poned colchones debajo. Si no, también tendréis que inventar el casco.

Por cierto, un poco,
pero solo un poco... muy,
pero algo
muy poco...
me gusta Lisa.

Pista: si quieres ir más rápido, usa un espejo para leer el texto.

¿Sabías qué...? Esta forma tan curiosa de escribir se llama "escritura especular" y la inventó Leonardo Da Vinci.

5. ¡Manos a la masa!

¿Os gusta la pizza? Pues aquí tenéis la receta de la pizza de la abuela de Leo. Sin duda, la más deliciosa de toda Italia...

Necesitas:

una base de pizza

4 filetitos muy finos de ternera asada cortados en tiras

4 rodajas muy finas de salami cortadas en tiras

$1/2$ berenjena en rodajas muy finas

1 cebolleta cortada en tiras muy finas

200 gr de salsa de tomate

150 gr de mozzarella rallada

orégano

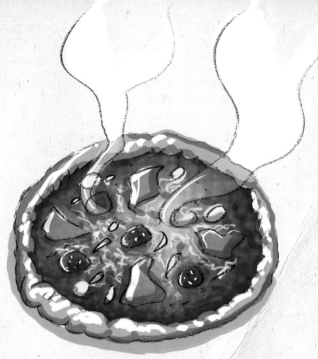

Cómo se hace:

1. Se coloca la base de pizza sobre la bandeja del horno, debidamente aceitada y enharinada.

2. Se extiende sobre la base la salsa tomate y, sobre ella, se colocan "artísticamente" las tiras de ternera y de salami (sin piel).

3. Se colocan las rodajas de berenjena y las tiras de cebolleta, procurando que se distribuyan bien.

4. Se cubre todo con la mozzarella rallada y se espolvorea orégano, a nuestro gusto.

5. Se calienta el horno a 230 °C y se coloca dentro la bandeja con la pizza. Se hornea durante 25 minutos y... ¡ñam, ñam!

6. Nos vamos de fiesta

Si quieres que tu fiesta sea todo un éxito, no te olvides de la decoración. Con estas cadenas y guirnaldas te lo ponemos muy fácil... ¡Vas a ser el rey!

Necesitas:

1 Cartulinas de los colores de tu equipo
2 Tijeras
3 Cuerdas para sujetar los banderines
4 Barrita de pegamento para papel

Cómo se hace:

1. Cadenas

- Para hacer las cadenas corta tiras de cartulina de 20 cm x 4 cm.
- Cierra la primera anilla con pegamento de barra. A continuación, pasa por ella otra tira de cartulina y forma la segunda anilla. Pues así, un buen rato...
- Cuando termines, cuelga las cadenas de lugares altos.

2. Guirnaldas de banderitas

- Corta las banderitas con forma de triángulo.
- Pégalas a la cuerda como te indica el dibujo.
- Y ahora cuelga la cuerda de un lugar alto.

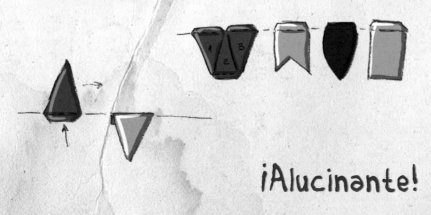

¡Alucinante!

7. Poliedros a lo Leonardo

¿Sabías que Leo es un friki de los poliedros? ¡Se pasa el día construyéndolos! Mira qué fácil:

Necesitas:

1 cartulina
2 tijeras
2 barrita de pegamento para papel
3 una cinta o un cordón de 1 m

Cómo se hace:

1. Dibuja tu poliedro en una cartulina. ¡Hay muchísimos! Aquí te dejamos un modelo.
2. Recórtalo, pero ¡ten cuidado con las pestañas! Si tienes un cutter te quedará mucho mejor.
3. Para darle volumen, dobla la figura por las líneas, encola las pestañas, pégalas y... ¡tachán!

Idea: Puedes usar un cordoncillo para sujetar tu poliedro al techo. Y si decoras la cartulina antes de encolarla, ¡te quedará genial!

Soluciones

Sopa de inventos

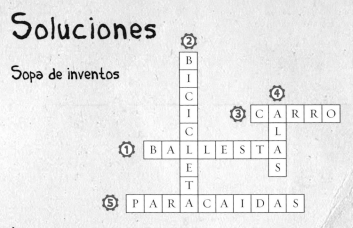

```
           ②
           B
           I
           C                    ④
           I        ③ C A R R O
           C                    A
  ①  B A L L E S T A            L
           E                    L
           T                    A
                                S
  ⑤ P A R A C A I D A S
```

La misión secreta

Leo y Miguel Ángel tienen todo lo que necesitan para construir un tirachinas. Solo tienen que cortar el cuello de la botella, insertar el globo en la rosca del tapón y lanzar la moneda hasta la luna. ¡Increíble!

¿Quién es quién en el campo?

La portería la defiende Lisa
El Míster es Miguel Ángel
En la defensa están Miguel Ángel y Chiara
El árbitro es el Profesor Pepperoni
El jugador que lleva una armadura es Paquito
El capitán del Inter de Melón es Sticker Patillas

Mensajes secretos

Cuando inventéis máquinas voladoras, tened mucho cuidado al probarlas y poned colchones debajo. Si no, también tendréis que inventar el casco.

Por cierto, un poco, pero solo un poco… muy, muy poco… pero algo me gusta Lisa.

¡No te pierdas
esta aventura!

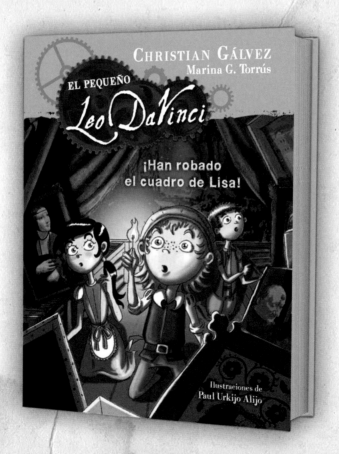

CHRISTIAN GÁLVEZ
Marina G. Torrús

EL PEQUEÑO
Leo Da Vinci

¡Han robado
el cuadro de Lisa!

Ilustraciones de
Paul Urkijo Alijo

El papel utilizado para la impresión de este libro
ha sido fabricado a partir de madera
procedente de bosques y plantaciones
gestionados con los más altos estándares ambientales,
garantizando una explotación de los recursos
sostenible con el medio ambiente
y beneficiosa para las personas.
Por este motivo, Greenpeace acredita que
este libro cumple los requisitos ambientales y sociales
necesarios para ser considerado
un libro «amigo de los bosques».
El proyecto Libros Amigos de los Bosques promueve
la conservación y el uso sostenible de los bosques,
en especial de los bosques primarios,
los últimos bosques vírgenes del planeta.

Este libro se
terminó de imprimir
en Barcelona, en el mes
de octubre de 2014